霧
張一弘 著

目錄

舊友來訪 4
仙女棒 41
離開的方法 66
西格瑪城 96
花水川鐵道橋殺人事件 136
霧 188

舊友來訪

夏菁剛上大學時，第一次去參加一個學校辦的舞會。辦舞會的禮堂裡燈光昏暗，圓形的空間裡一半不規則地擺著椅子，另一半空出來做舞池。禮堂裡也有一半人在舞池裡結伴跳舞，一半坐在椅子上，等人或休息。角落的音響放著夏菁覺得聽過，但不知名字的的三步、四步的舞曲。夏菁是和一個女同學一起去的，所以到了之後，兩人都坐在椅子上等人來邀舞。忽然間有個男生走上來，向夏菁的同學邀舞。那個男生像電視上演的舞廳的場面那樣，鞠了一躬，左手掌面向上比到右胸前，文縐縐地說了一句：「我有這個榮幸請你跳舞嗎？」樣子簡直有些好笑。但是他臉上端著那個笑容，又帶有些稚氣，又帶有些衝動的興奮，在昏暗的氣氛中好像是一個發亮體，讓被請的女生很難拒絕。至少夏菁是這麼認為的。夏菁的同學伸出手被那個男生牽去了。夏菁看著他們兩人的身影在燈下搖來擺去，那男生臉上始終掛著那個笑容，不禁心想，要是那個男生請的是自己就好了。小蕾，她同學，不就是皮膚白一點，胸部大一點嗎？

夏菁不算是不熟悉男生的心理。小學升初中，初中升高中，中間又有兩次轉學，每到一個地方，她都是先和男生混熟，和女生反而不容易交往起來。她一直沒覺得這有什麼不對的地方。和男生嘻嘻哈哈打趣開玩笑，遠比參與女生那種綿密的慢談更讓她覺得自然和放鬆。她周圍的人也算開明，沒人為此責問過她什麼。但是到了高中的時候，她的想法有點改變。因為她發覺雖然她和男生熟的很快，但是無法進入到一種更密切的關係中。這個更密切的關係也就是所謂的戀愛。尤其是到了高中時，同年齡的人裡，已經有人作為情侶出現在同學的竊竊私語裡了。被問到「你常常和男生來往，交一個男朋友應該很容易吧」這種問題，夏菁覺得受不了。因為她真的不知道這戀愛是怎麼回事。她太習慣把和她來往的男生當朋友看，反而阻止了她那方面的思想。每次聽說誰和誰是男女朋友了，夏菁都會想他們一定是私下裡做了什麼與她無緣的祕密的事情，才導致結交的。為此夏菁覺得不甘心。所以高考完拿到錄取通知書，坐二十小時火車來北京這所大學的路上，她就暗下決心，為了能有真正的戀愛體驗，她要改變以前的自己。果然大學開學後，她不再主動去和男生說話了，而是像大多數別的女生那樣，和男生保持距離。

開學不久，學校的活動社團在校園裡擺起攤子拉人加入，夏菁談不上有什麼真心喜歡的興趣愛好，走走看看，隨便加入了一個動漫社。動漫社的活動場所是在學校文藝樓二樓的一間小房間裡，裡面擺著幾個書架，放著大概是以前的社員捐贈的不能完整湊成一套的漫畫書，還有一張大桌子，上面放著各色彩筆和紙張。這裡的活動也沒什麼人指導，社員來了，要麼坐在一邊看漫畫，要麼在桌上畫畫塗塗。夏菁有時下了課，到吃飯前有一兩小時時間，她就到這裡來呆一會兒。有一次她正趴在桌上照著漫畫書上的人物畫畫，本來房間裡就她一人，忽然身後有個男生的聲音說：「咦，足球小將？」夏菁趕忙用手往畫上一拍，遮住她在畫的人物，然後回頭看。背後的男生夏菁一眼看去覺得見過，一想原來是舞會那晚請了她同學小蕾跳舞的那個男生。夏菁想回問他怎麼站在人家背後偷看，但話卡在口中說不出來，所以變成隻是用眼睛盯著他。那男生笑盈盈的，問說：「你喜歡足球小將啊？對女生來說滿少見的。」之前夏菁不覺得有什麼，但被這麼一說，她也覺得自己是有點奇怪，她不怎麼喜歡別的女生看的以女主人公的戀愛為主題的漫畫，《天是紅河岸》、《尼羅河女兒》什麼的，倒是比較喜歡《足球小將》這種有很多男生出場的漫畫。那男生把夏菁放下，走到一旁流覽起那些書架來，自言自語似的說：「這裡有不少好看的嘛，這麼好的地方我怎麼沒有早點知道。」夏菁問說：「你也喜歡看漫畫？」男生說：「多少看一點。」

那男生拿了一本漫畫在桌子另一邊坐下，夏菁見他不做聲了，便繼續埋頭畫畫，但沒一兩分鐘，那男生又向夏菁搭話，問她是不是一年級的。夏菁只得跟他又攀談起來。交談中男生自我介紹說他叫阮浩，也是一年級，學電子工程。夏菁說她學電腦，兩人一比較，這學期倒有兩門課是一塊上的。阮浩笑說：「那我怎麼不記得在教室裡見過你？」夏菁沒有回答，只是心想自己是長得不引人注意。兩人又就著動漫聊了一會兒，說到彼此看過的動畫，聊了吉卜力最新的動畫《幽靈公主》。阮浩饒有興趣地說：「你知道嗎，吉卜力動畫不全是宮崎駿拍的，還有一個導演叫高田勳，兩人的作品在畫風上就可以看出來……」不覺間聊到吃飯時間，阮浩看看窗外天色，對夏菁笑說：「我看我們這麼聊的來，不如我請你吃飯，飯桌上我們再接著聊？」夏菁心想，什麼聊得來，都是你在說，我只不過適當應和一下。但這時阮浩臉上掛著的是那個夏菁認為沒有女生會拒絕的笑容，夏菁雖不十分情願，也還是答應了。

兩人到學校偏門外的一家小菜館點了一菜一湯，幾串烤串。吃飯的時候，阮浩的興趣轉向夏菁的家庭背景，把夏菁老家哪裡，父母做什麼的問了一通。夏菁告訴他她老家江南小城的名字，還有她爸是醫生，她媽不幹什麼，在家當主婦。夏菁心裡一處想對一個剛認識的人，告訴他這些是不是太快了。但對手是這個男生的話，應該無所謂吧。夏菁感到她願意隨著阮浩沒有防備的笑容放下她該有的警醒。阮浩又問夏菁除了動漫社還參加了什麼社團，夏菁說社團什麼的參加一個就夠了，她並沒有那麼多空余的時間。阮浩想了一下說，這樣很好。後來夏菁得知阮浩一年級參加了四、五個社團，除了動漫社，還有圍棋社、吉他協會、英語角、羽毛球隊。吃完飯結帳的時候，阮浩掏出錢包打開，忽然一個驚訝的表情，說：「糟了，我沒帶夠錢。」要是別的男生，夏菁一定會以為這是故意的，但她覺得阮浩不會有這種心機。夏菁便說：「這次我請吧，下次再讓你請我。」說著就掏出自己的錢包買單。兩人走出菜館的幾步路，阮浩連連說了幾聲抱歉，並保證下一次一定請夏菁吃一頓好的。

過了兩天在梯形教室上程式設計導論，上課開始了十分鐘，有個男生遲到進來，是阮浩。他跟老師交換了一個示意，走進教室，用眼睛在教室裡掃了兩遍，看到夏菁，他立刻露出一個笑容。夏菁旁邊正好是空位，阮浩就走過來坐在她旁邊，轉頭跟她說了一聲「嗨」。夏菁只覺得好幾雙眼睛朝她這裡看過來。這教室裡有不少阮浩的同班同學吧。她不知道阮浩怎麼能徑直走來坐在她身邊，好像和她很熟似的，其實他們不過兩天前剛認識。下了課，阮浩問夏菁現在有沒有空，要不要去打羽毛球。夏菁正好已約了下課和室友去看電影。這天學校小禮堂免費放映電影《花樣年華》。夏菁便沒有答應。阮浩立刻露出一個失望的表情，就好像他完全沒想到被拒絕的可能似的。這表情夏菁看著很不好受，她想起自己週末沒安排，便問阮浩，要不要週末一起去海澱逛逛。阮浩臉上轉憂為喜，「好啊」一聲乾脆地答應了。

晚上吃了晚飯，大家都在宿舍裡，對床的室友問夏菁，今天程式設計導論課和她打招呼的是電子工程系的阮浩吧？夏菁說是。室友微笑問：「他是在追你嗎？」夏菁不以為然地說沒吧，他們不過前兩天剛認識。室友說：「那個男生在學校裡還算小有名氣。據說他是見一個追一個。我們班的小蕾就被他追過。他還追過英語系的系花，還到人家班上去等了好幾次。這是一個和那個系花是老鄉的學姐說的。不過他要追人家英語系的系花那是太自不量力了，那個系花那麼多追求者，其中包括學生會長，哪裡能輪到他。不過他也夠了不得的了。剛入學還沒有一學期，搞到大三的學姐都認識他。夏菁，對這樣的人，你可要小心一點。」夏菁說：「我不過當做和他交個普通朋友。」室友提供的資訊，是夏菁之前沒有聽過的，但她聽了後，卻奇怪地感覺不到意外，好像她很早以前就知道阮浩是這樣的人似的。

這時已經是十一月末的時候，在北京氣溫接近零度。這天夏菁穿了一件羽絨服，阮浩穿了一件高領毛衣和一件紅色的夾克，兩人早上從校門口搭公共汽車到海澱圖書城。這裡是離他們學校最近的一個商業區，除了有一棟很大的圖書城，還有一條步行街，林林總總的商店，小吃店，還有保齡球館，唱歌房。附近若干所高校的學生週末常有來這裡的。兩人先在圖書城逛了逛。按說阮浩興趣愛好這麼廣泛，圖書城內應該有不少他感興趣的櫃檯，但他好像沒有什麼想看的，而是跟著夏菁，她到外文書櫃台他也跟到外文書櫃台，她到音樂書櫃台，他也到音樂書櫃台，她拿起一本書來看，他就在那附近拿起另一本書看，也不知道是不是真感興趣。這對夏菁倒不是困擾，反正她能看她感興趣的書就行了。倒是在小說櫃檯，阮浩拿了一本書在手上看了許久，他放下時夏菁瞄了一眼那書封面，是一個叫棉棉的人寫的《糖》。在從圖書城出來，在步行街上走了一圈，還不到一點。兩人商議中午在這裡吃頓飯，下午再去中關村看看。兩人走進一家北方水餃店，看了菜單，一人點了一盤水餃。夏菁點了韭菜餡的，阮浩點了三鮮餡的。水餃端上來，吃到一半，夏菁把自己盤子裡的水餃夾了一個放到阮浩盤子裡，說：「這個韭菜餡的你也嘗嘗看味道怎麼樣。」本來高中時夏菁和一夥男生出去吃飯時，也常常這樣交換盤子裡的菜，她這麼做並沒有什麼特別的意思。阮浩對夏菁的這個舉動像沒看見一樣，沒有應一聲，也沒有拿一個他的餃子來交換，依然以同樣的頻率著吃自己盤子的餃子，又吃了兩個，然後不作聲地把那個夏菁遞過去的餃子夾起來吃了，看著倒好像夏菁多給他一個餃子是讓他受委屈了。

本來上午兩人出來，一路上阮浩的話都不算多，但到了下午，他的話更少了。夏菁不知道是不是那個餃子的緣故。兩人到太平洋電腦城逛了一遍，又到中關村軟體園附近走了走，好幾次遇到瘦小的老婦人迎上來問要不要買光盤。本來這裡是和他們專業相關的一塊地域，他們應該有很多話題可以說的，但阮浩一直心不在焉的樣子不說話。這時的阮浩和那天第一次和夏菁說話，顯得十分活潑的男生簡直不像是一個人。夏菁找了個機會問阮浩為什麼選現在這個專業，阮浩回答說他高中時幫同學裝電腦，賺過一點錢，所以想大概以後能靠這個謀生。等了一下又補充說，他本來想選文科的，比如英語或表演，但他父母認為選工科比較好找工作，所以要他選一個工科的專業。夏菁說她爸本來要她學醫科，但學了將來一定是要繼承家業了，她不想這樣，所以才選了電腦。阮浩聽了顯出不感興趣的樣子。兩人沒再說什麼，搭車回到學校，各自回宿舍。夏菁想這天的約會她大概搞砸了。

夏菁給阮浩留了她們宿舍的電話，但阮浩一直沒打來過。那天去完海澱回來過了兩、三個星期，夏菁在去圖書館的路上看到阮浩。他身邊有一個女生，兩人一邊走一邊很高興似的在說話。那女生個子挺高，好像比阮浩還高一些。見到夏菁，阮浩點頭示意了一下就從她身邊走過去了。過了幾天，夏菁去食堂吃飯路上又看到阮浩，他身邊還是那個高個的女生，兩人還是很高興的樣子一邊走一邊聊著。可能因為夏菁走在自行車棚裡面比較暗，這次阮浩沒看到她就走過去了。夏菁轉頭看了一眼他們兩人的背影，低頭繼續往前走，心想也許她和阮浩大概是無緣吧。她試過了，但阮浩能輕易對別的女生展現的那個笑容，對她卻有意為難似的收著。她不明白為什麼。

新年夜的這晚，夏菁和兩個室友去王府井看放煙花。她們吃過晚飯，到校門口坐車，到東單時已經九點多鐘了。北京前兩天一場雪剛剛停，這時馬路角落裡還可以看到白花花沒化開的冰。夏菁她們從東單走到王府井大街，可能因為今天日子比較特別，一路上的商店很多都還開著，路上的行人也的確很多，甚至還有賣冰糖葫蘆的在叫賣。離淩晨放煙花還有一會兒，夏菁的兩個室友走進店鋪商場裡去看東西，一個買了一條圍巾，一個買了一頂帽子，買了就當場穿戴上。兩個室友催夏菁也買點什麼，夏菁本來沒什麼想買的，拗不過她們，就在商場外一個買飾物小攤上花十塊錢隨便買了個假的玉鐲子戴上。在王府井大街上來回走了一遍，已經接近淩晨。三人站在路邊等，倒計時剩幾秒的時候，大街上前後一齊響起喊聲：「四，三，二，一」，然後就是啪啦啪啦放煙火的聲音。其實放煙花的地方和夏菁她們站的地方中間隔著一棟高樓，煙花她們只能看到從樓頂上冒起來的一小部分。夏菁轉頭看她的室友，兩人都抬著頭，合攏兩掌在胸前像在許願的樣子，煙花的火光讓讓他們的臉一明一暗。夏菁想，是啊，進入新千年的第一天，人應該有所期待吧。也許她也該許一個什麼願。遠一點的，願世界和平？近一點的，願考試取得好成績？夏菁想不出她真正希望的是什麼。這時她想到了阮浩。他這時會不會和哪個女生在一起，在這王府井大街的另一處，正看著同樣一場煙花呢？夏菁忽然想到：「我的願望就是，讓我不要再想戀愛的事。」想完她自己都感覺到淒涼，連忙打住自己的想法。

寒假夏菁沒有回家。她的室友都回去了，一個寢室裡只剩她一個人。夏菁本來想找一份家庭老師之類的兼職做做，但從學校留言板上看了幾個廣告，都覺得太麻煩，乾脆打消了這個想法。於是一整個寒假她幾乎都窩在學校的機房裡，上網，看校園網上的動畫片，把之前沒看完整的《灌籃高手》《幽游白書》從頭到尾看了一遍。她一邊看一邊產生一個想法，要是以後哪天混不下去了，乾脆到動畫公司去當原畫。春節那幾天學校的食堂和小菜館都關了門，夏菁在宿舍裡吃了幾天速食麵。

二學期開學不久，動漫社接到一個任務，要給一個交流活動畫一個海報。社長把幾個社員叫齊了，問了問他們的想法。這裡面沒有阮浩，阮浩沒來動漫社已經很久了。社員一人提了一個畫海報的想法，最後大家覺得夏菁的想法最好，結果就按她的想法畫了一幅海報，夏菁自己畫主要的。結果這個海報在大禮堂前面擺出來，引起了一個學校黨委宣傳部的老師的注意。這老師姓李，她托人把夏菁叫到她辦公室，問了問她製作這個海報的靈感，然後又問她有沒有入團。夏菁說高一時就入團了，高三時還當過一年團支部書記。李老師就說她希望夏菁到黨委宣傳部來工作，不過前提是她要先申請入黨。李老師說關於入黨，她可以去問問他們班輔導員的意見。夏菁就去找輔導員問。輔導員說入黨一般有三個條件，一個是學習成績要好，一個是和同學關係要好，一個是要熱心參加班級和學校的活動。夏菁想這幾個條件她應該都沒問題。她和同學的關係本來就不錯，班級學校的活動該參加的也都有參加。至於學習成績，不就是看個人努力嘛。結果從這時開始到這學期期末考前，夏菁格外認真學習，常常在自習室待到晚上八九點才走。室友問夏菁怎麼突然拼起來了，夏菁回答說人應該有理想。

可能因為這一學期用力過猛，暑假放假一回到家裡，夏菁馬上想放縱一下。也不是刻意這麼做，但每天放縱一點，回家沒幾天，夏菁便開始了日夜顛倒的生活，每天睡到下午一兩點才起來，晚上則邊吃零食邊看漫畫看到快天亮。她父母可能因為溺愛她，也不怎麼管她。這時正好有個去美國的高中同學暑假回來。這個叫小燕的同學和夏菁是好朋友，可能是夏菁高中時最要好的女同學，所以她一回來，夏菁就常常和她出去街上晃蕩，吃小吃，看衣服，晚上去迪斯可也有過。有一次小燕問夏菁，有沒有在考慮出國。夏菁高中同學裡有不少出國的，夏菁知道的就有五六個，有高中讀到一半就出去的，有高中畢業後出去的。出國的有的是尖子生，到國外尋找更好的發展，有的是家裡有錢，用錢買出去的。總之似乎對條件好一點的人來說，出國是一個不能不考慮的選擇。夏菁說，我還要入黨呢。小燕聽了笑起來說：「你？入黨？就你這樣，每天睡到午飯時間才起來，除了看漫畫逛街啥也不幹，党會要你嗎？」夏菁說：「因為現在是在家裡嘛。別看我現在是這樣，在學校時我可認真了。不許我在家一個樣，在學校一個樣嗎？」小燕說：「你這兩面派。」

大二一學期開始，寫了入黨志願書交上去，一周後黨委通知她說她已經被列為入黨積極分子。夏菁就去找李老師，李老師說祝賀她，這是她人生重要的一步，然後說帶她去認識一下宣傳部的同志。兩人從李老師辦公室出來，穿過馬路進了另一個樓，李老師邊走邊介紹說，宣傳部的人現在在做一個校運會的橫幅，所以幾個人都在美工室裡忙著，那幾個人也都是學生。美工室是一間二十平米大小的屋子，進去之後，夏菁看到四個人正圍著一張大約是幾張課桌拼起來的方桌，桌上有一面布，他們低頭在布上畫著什麼。四個人裡有三個男生一個女生。見到李老師夏菁兩人進來，幾個人都抬起頭，李老師就說，這是我們宣傳部的新同志，叫什麼什麼，是哪個專業的，大家以後互相幫助。幾個人就跟夏菁點頭示意說你好。夏菁在幾個人臉上掃了一遍，心裡忽然一蹦，站在最旁邊，擺著一副笑臉看著她的，竟然是阮浩。這學期他們沒有共同的課，所以算起來夏菁有幾個月沒見到過阮浩了。李老師對夏菁說，我們也是人手不夠，你第一天加入，正好就有工作給你做。又對那幾個學生說，你們看看有什麼活可以讓夏菁做的，就跟她說，她畫畫的功底挺不錯的。然後李老師就走了。夏菁走到桌子旁邊，和阮浩隔著桌子，聽學長對她交待任務，注意力卻在阮浩身上。她一直覺得阮浩在看她，不禁回望了他一眼，只見阮浩對她擠了擠眼睛。

其實夏菁在那裡就是幫著畫畫花邊，主要的部分都是高年級的學長畫的。到了七八點鐘，學長決定告一段落，明天再來繼續，幾個人就從美工室走出來。三個學長說要去一家菜館吃飯，夏菁見阮浩有不去的意思，忙說她也不去。於是她得以和阮浩一起走。阮浩問她去哪裡吃飯，她說回宿舍拿飯盒去食堂吃，阮浩一點頭說，去食堂吃也挺好的。夏菁趁機問他，怎麼會加入了宣傳部。阮浩說：「一年級參加那麼多部，這個部，那個部的，都是參加了幾天就覺得沒意思了。我想做一點更有意義的事，而不是白白浪費生命。後來聽說宣傳部在招人，我覺得這個比那些玩鬧的社團有意義，至少能讓我感到我是國家的一部分。所以我就申請進來了。」夏菁說：「那你申請入黨了？」阮浩說：「申請了。」夏菁一笑說：「那你有沒有感到後悔？」阮浩沒表情地說：「沒有啊，能入黨有什麼不好的。」他轉向夏菁看了一眼，問說：「你怎麼樣，我們有快一年沒聊過了吧，你應該也經歷了很多。」夏菁笑說：「是啊，我也算經歷了不少吧。」她轉頭看了阮浩一眼，忽然注意到阮浩穿著的是那天他們一起出去時穿的那件高領毛衣，不禁一聲說：「等等。」阮浩停下來看她，她就轉到阮浩面前，幫他理了理毛衣領子褶子沒整好的地方，又說：「你這件毛衣都穿了一年了吧，也應該去買件新的了。」說完沒等阮浩回應，夏菁又往前走去。她聽到阮浩從後面跟上來，但一聲不吭的，沒再出聲和她說話。夏菁心想，我該不會又做錯了什麼吧。走到男生宿舍女生宿舍的分叉，兩人就分開各自走了。

大約是一星期之後，這天晚上八、九點鐘，夏菁在宿舍裡看書，忽然接到一個阮浩打來的電話。夏菁不知道他還記得這個電話號碼。阮浩問她能不能到大操場來一下，他有話想和她說。夏菁就披了一件外套出去了。這時大操場上漆黑一片，只是靠月光和旁邊樓房的燈光才能隱隱看到跑道，跑道上有四五個在跑步的人。見了阮浩，他說在跑道上走一走吧，夏菁就跟他沿著跑道走。走出一百米遠，阮浩都沒說話，夏菁就說你有什麼事跟我說吧。阮浩說：「夏菁，你願不願當我的女朋友？」夏菁意外地笑了一聲，說：「怎麼了，突然提起這個？」阮浩說：「你覺得我們不合適？」夏菁說：「那倒不是，不過我記得你一年級的時候追過好幾個女生吧，比如小蕾。她們呢？」阮浩說：「我跟她們沒什麼。」停頓了一下又說：「她們都是在耍我，看我對她們有意思，就逗我去追她們，我一接近了，就把姿態擺得高高的，讓我越抓不著就越想抓到手，其實她們一開始就不想和我有什麼關係。」夏菁說：「哦，我知道了，你是不是剛對她們中的一個表白，被拒絕了，所以來找我，想撈回一點面子？」阮浩說：「沒有。不用表白我也知道結果。我都看透了，她們心底根本不喜歡我。」夏菁說：「所以你沒和她們表白過？」阮浩有點不自在地應了一聲：「是啊。」夏菁說：「那你為什麼找我表白？」阮浩說：「你跟她們不一樣，我一開始就能感覺到，你是理解我的那個人。」夏菁一笑說：「理解和喜歡不是一回事吧。」阮浩說：「你討厭我？」夏菁沉默了片刻，說：「我不知道為什麼你今天會突然想和我說這些。要不然這樣吧，我們先做朋友，過一段時間要是我們真合適，再說別的。」阮浩遲疑了一會兒，看起來他好像斷定了夏菁不會拒絕他，這時夏菁這樣回答，似乎不是他很滿意的結果。片刻後他才不情願地說：「好吧，這樣也行。」夏菁就對他說：「那我回宿舍了。」見阮浩點點頭，夏菁就轉身走了。

後來夏菁知道，這時阮浩這麼急於和她結成關係是有原因的。原來那段時間他正被一個女生糾纏。這個女生叫呂雪，是外語系的，家裡似乎很有錢，是做大生意的。這個女生給阮浩寫過三次情書，前兩次阮浩都沒有理他，在第三封情書裡，呂雪說阮浩如果還不理她她就要去死，還剪了一段頭髮夾在信封裡。阮浩似乎沒有什麼對付這個女生的方法。他既無法坐視事情繼續下去，但也想不到什麼方法自己解決這件事，對談他不敢，粗暴的手段他做不出來，他想到的方法就是趕快找個女生結成關係，以為這樣就能打消呂雪的念頭。他對夏菁提出交往的要求的時候，無疑是把她看成了保護傘，擋箭牌一般的存在。後來夏菁變得常常和阮浩兩人一起去食堂吃飯的時候，見過這個呂雪好幾次，她就擋在他們的路上，不說話，眼睛直瞪瞪地看著夏菁，看著她走過去。這個呂雪並不是長得奇醜無比，甚至可以說挺好看的，也不知道是她的哪一點讓阮浩那麼懼怕。

三十五歲的夏菁住在新加坡一所公寓裡。早上起來，做早飯，和八歲的女兒吃了，開車送女兒去上學，然後到公司開會、開會、開會。她大約三年前辭掉了一份大公司裡的工作，自己創建了一家軟體公司，到現在也有十幾個員工在幫她做事。她到新加坡已經有十二年了，五年前她加入新加坡國籍，成了新加坡公民。

要問什麼是她換國籍的主要因素，答案恐怕還是大學裡的經驗。在大學裡剛加入黨委宣傳部的時候，她不是沒有過一些浮想，把參政報國當做未來的一種可能性。為此三年級的時候她還出來競選過學生會主席。宣傳部的李老師對她說，如果她能選上學生會主席，畢業後推薦她進國家機關工作就很容易了。但沒想到她的競爭對手，一個姓翁的環境系的男生，使出卑鄙的招數，散佈她的謠言，說她和幾個男生有曖昧關係。讓夏菁難受的不是這些謠言不符合事實，而是正相反，她無法一口咬定這些謠言不是真的。謠言中的那幾個男生有的是她同學，有的是和她一起在宣傳部工作的，她並沒有和他們發生過什麼，但她不敢說將來她絕對不會和他們發生什麼。她知道她裡面藏著連她自己都很難琢磨的，蠢蠢欲動的欲望。那些謠言傳開的那一陣子，夏菁忽然一下注意到了，她自己破綻百出的存在，有時像個聖人，有時像個下三濫，是多麼經不起審視。是這時候她明白了自己絕對不適合政治。政治的核心是辯論，是找到一個道德的制高點抬高自己打倒對手。她很明白道德，但她不能搬出道德的話語，因為如果把沒發生但有可能發生的事也算進去的話，她絕不是符合道德的一方。不用說去攻擊別人，首先她自己已經被她明白的道德打敗了。她當然沒有選上學生會主席。那時候她已下定了決心，自己將來不會參政，不會寫書，不會當老師，不會從事要拋頭露面的行業，她要到一個可以隱姓埋名的地方，靠和道德不沾邊的東西謀生。比如商品、比如錢。

大四畢業後，她找到一份留在北京的工作。單位是一個國有企業，工作也算不上很難，她在大學裡學的東西剛好可以用上，可以說是一份理想穩定的工作。一開始她也是抱著幹活拿一份工資，其他事少管的態度去上班的。但她發現所謂穩定的工作，其實並不穩定。其中最不穩定的因素就是她自己。上班總要有上司和幾個同事。有時她並不是那個意思，但忽然間她就發覺自己說錯話，惹了別人生氣。發生幾次之後，她也不敢相信她這樣是完全無心的。似乎她在潛意識裡一直想打破規則，挑戰權威。越是覺得外部的規則不可動搖，她潛意識裡這個想法就越強烈。沒有人指使她，也沒有利益的驅動，她自發地往看似牢固的硬處撞，彷佛只是為了尋求否定。這時候她明白她想過一種平穩的，沒有衝突的生活是很難的了。所以她選擇了變動。只有在變動中，犯錯、損失，和放棄似乎是可以被原諒的。工作一年後，她存了一點錢，又向家裡借了一點，辭了工作，向新加坡一所大學報名去讀碩士。之所以選擇新加坡。是因為去那裡不用學外語，在大學裡她最不拿手的科目就是英語，一想到背單詞她就頭痛得不行。

在新加坡的大學裡夏菁認識了她未來的老公。兩人畢業不久就結了婚，次年生了一個女兒。他們給女兒取名沁，從她父親姓徐。徐沁六歲的時候夏菁和她老公離婚。事後看來，當時好像有很多想法，但促使他們結婚的最主要的動力，是新加坡對年輕夫妻買房的優惠政策。當時兩人都覺得在新加坡買一套房子是一件不得了的事，政府給的優惠是不能錯失的。結果不過過了五六年，他們手上就又多了兩套房子。這時候女兒也長大了，不需要再兩個人一起看顧。所以兩人覺得似乎分開也無所謂。一旦開始有這種感覺，就越來越覺得單身好。不久兩人去電影院都不再看同一場電影，而是各挑各的看。離婚的時候，後來買的兩套公寓，兩人一人拿了一套，最初那套房子賣了把錢分了。徐沁夏菁領走了。

離婚了沒幾天，夏菁就跟一個陳姓的男子睡了。這個陳姓男子是之前夏菁客戶公司的一個經理，兩人是通過一個業務認識的，在夏菁沒離婚之前兩人已經曖昧了好久了。夏菁最終是沒敢在婚內搞出軌，但一旦離婚，脫離了束縛，她就迫不及待般地和這男子跳上了床。但睡了是睡了，下一步該怎樣夏菁並沒想過。她不覺得她需要一個新的老公，也不覺得她和這陳姓男子好到需要迫使他和他老婆離婚。結果兩人的交往就止于這一次發洩。後來通過朋友介紹她又認識了一個在酒吧當服務生的小年輕，也和他睡過幾次。這個小年輕才二十歲，剛剛服完兵役出來在上大學，夏菁帶他出去吃飯，給他買過手錶、衣服、皮帶，和他來往了半年有餘。後來他交了一個女朋友，夏菁就覺得不好意思再耽誤人家，和他斷了聯繫。其實這種事讓夏菁挺噁心的，但她有時候仿佛不能沒有這種發洩。經營公司，教育女兒，她能做得很周到，但這並不是理所當然的，她做這些的時候，需要把自己潛在的欲望壓制下去，而這壓制的欲望需要在一個人看不見的地方發洩出來。這是人力無能為力的。有時走在路上，忽然從路邊投來窺視的眼光，夏菁必定會覺得心虛起來，好像心裡的祕密被看出來似的。

這是這年十一月時候的事。夏菁一般每天查三次郵件，早上到公司時先查一次工作郵件，中午吃飯後查一次私人郵件，晚上下班前再查一次工作郵件。中午吃飯後查私人郵件主要是為了改換一下心情，但這年頭，私人朋友聯繫都用微信了，沒有誰還發郵件，所以她的私人郵箱裡無外乎是一些旅遊廣告，點卡消費的提醒，俱樂部的定期通訊什麼的。這天也是和員工去吃飯，吃完回來打開郵箱，發現一封不同尋常的信，標題是「你好嗎？」她點擊郵件打開，信的內容是這樣的：「夏菁，你好嗎？我是阮浩，你還記得我吧？一早就聽說你去新加坡了，只是沒有你的聯繫方法。後來向你們班同學要到你的郵箱，因為太忙，也沒能給你寫信。我現在住在紐西蘭。我下周會跟團去新加坡旅遊三天，你要是正好有空，出來見一面吧。你還有一樣東西在我這裡。阮浩。」讀了這封郵件，夏菁原地坐了五分鐘沒有動。阮浩是一個她十幾年沒聽到過消息的人了。這時候讀到他的信，夏菁首先想起的是他們最後一次約會的情形。阮浩因為什麼氣憤地指著她說：「你這個賤人，你是我認識過的最無恥最下賤的人，你給我滾，我不想再看見你。」夏菁則哭著回答他說：「為什麼你要這麼說我？我不覺得自己賤，你不喜歡我也不要這麼說我。」夏菁咳嗽了一聲，把這段記憶打住了，下午還有工作要做，現在不是翻出那些陳年往事的時候。對阮浩的郵件，就當他是個大學裡的老朋友，夏菁禮節性地回復他說：「阮浩，很高興又聽到你的消息。你把你的飛機航班資訊發給我一份，到時我去機場接你。」第二天再查郵件的時候，阮浩已經把航班資訊發過來了。夏菁就打開日程本，把阮浩到的那天圈起來，寫了一行注釋。

這天夏菁算准了時間來到機場的時候，阮浩已經出關了，在機場的出口附近等著。阮浩穿著彩色花紋的短袖衫和半長褲，戴著墨鏡，背著一個雙肩背背包，很有來旅遊的樣子。見到夏菁，阮浩把墨鏡扶到頭上，露出一個笑容，但嘴動了一下，沒說出話來。夏菁見阮浩只有一個人，問說：「你不是跟團來的嗎？怎麼只有你一個人？」阮浩說：「他們有景點要看，先走了，我跟導遊說有朋友會來接我，跟他說了好半天他才讓我脫隊。」夏菁說：「那你就跟我走吧，旅遊團來這裡要去哪裡我大概都知道，我帶你去看也是一樣的。」說著夏菁就帶著阮浩往機場外的停車場走。一邊走著，阮浩打量了夏菁一遍，笑說：「你很有大人的樣了。」夏菁說：「都三十五了，還沒大人的樣那算什麼。」走到夏菁的車邊上，阮浩一看說：「看來你混的不錯，能開寶馬了。」夏菁說：「也不是多貴的車，五萬多買的。」上了車，阮浩又問：「聽說在新加坡開車很貴，光是一個車牌就要五萬塊，能開得起車的肯定是有錢人了。」夏菁說：「我其實也不喜歡開車，但有時要接送客戶，有時又應急要去哪裡，坐公交很不方便，自己沒輛車不行。」阮浩說：「我聽說你自己開了一家軟體公司，有多大規模？」夏菁說：「七八個程式師，兩個專案經理，一個會計，還有兩三個打雜的。」阮浩笑說：「沒想到你還真能靠搞軟體吃飯。那時候你不是連數據結構和數據庫都分不清楚嗎？」

和一年中每一天一樣，這一天新加坡也是熱氣蒸騰。單看這無處不在的棕櫚樹，好像從熱帶水果罐頭的廣告圖片上取下來的一般，一個人也能猜到這裡延續著終年不絕的夏天。阮浩抱怨天氣說：「這時候紐西蘭已經很熱了，沒想到新加坡更熱，我一出飛機的門，幾秒鐘時間，就好像要熱出一身汗。」夏菁說：「怎麼說這裡也算是在赤道邊上。而且這裡的熱是濕熱，很容易出汗，我剛來時基本一天要換兩次衣服。」阮浩說：「來之前看世界天氣預報，北京好像已經在下雪了。」夏菁說：「是嗎？」阮浩說：「想起那年我們下雪天出去逛北京城，穿著厚厚的羽絨服在雪裡走了一天。你大概很久沒穿過羽絨服了吧。」夏菁一想說：「是啊，上次穿是好幾年前的事了。」

夏菁聽阮浩說還沒吃中飯，就帶他到市中心的克拉克碼頭，在那裡的一家餐館點了新加坡的招牌菜辣椒螃蟹給他吃。阮浩嘗過幾口後，夏菁問他味道如何，阮浩點頭說：「確實好吃。」停頓了一下又說：「但比起那時我們在學校後門吃的烤串還差了點。學校後門那家烤串可以算是我在北京吃過的美食的第一名。第二名是學校食堂賣的羊肉泡饃。第三名是二教外面那攤雞蛋煎餅。」夏菁說：「確實在學校裡吃的東西都覺得特別好吃，不知為什麼。」阮浩說：「可能因為那時剛離開家走到外面，感到前所未有的自由，所以覺得一切都是新鮮可親的。那種感覺不會再有了。」夏菁問：「你是什麼時候到紐西蘭的？」阮浩說：「三四年前吧。」夏菁說：「去那裡工作？」阮浩說：「也不算是工作，隨便幹點事。」阮浩含糊的語氣中仿佛想隱藏什麼，夏菁也沒有再問下去。要說來新加坡旅遊，首選的景區應該算聖淘沙了。聖淘沙是新加坡南邊一個作為旅遊區開發的公園般的小島，從新加坡本島可以開車從橋上過去，島上有幾個主題公園，有一段公共的海灘，有新加坡僅有的兩家賭場中的一家，還有一尊很大的市標魚尾獅雕像。吃完飯，夏菁問阮浩想不想去，阮浩點點頭，兩人就回到車上。夏菁掏出手機打開谷歌地圖導航，又對阮浩解釋說：「我其實沒去過幾次，不大認得路。」阮浩一笑說：「現在有谷歌地圖真是方便。要是我們在北京那時就有谷歌地圖，可以少走多少冤枉路啊。記不記得那次去天壇，在西直門轉車，結果在立交橋那裡繞來繞去轉了半個小時也沒找到車站？」夏菁說：「谷歌地圖也有把人帶錯的時候，我遇到過好幾次了。」

忽然間夏菁覺得後悔起來。她也許不該來見阮浩的。她像是打開了一瓶她不想喝的酒，聞到酒香，已經無法把蓋子再蓋上。開車從跨海大橋過去，進了聖淘沙，到停車場停了車，帶阮浩從景區入口進去，在這個過程中，對另一個城市的記憶在她腦中慢慢浮現出來。像是烽火臺傳遞的火光一個接一個亮起來一般，那些地點逐一在夏菁腦中呈現。西直門、新街口、西單、東單、王府井、鐘樓、鼓樓、後海，還有連接這些地點的那些街道、建築、道旁樹、車輛、行人。夏菁走在這熱帶小島綠茵茵的便道上，眼睛望著陽光、海灘、棕櫚樹，腦中出現的圖像卻是另一個城市的風景，雪花飄在灰暗的樓房間，路人裹在厚厚的衣服裡，路上吹著刺骨的風。有一瞬間夏菁幾乎聞到了臭豆腐的氣味，覺著好像她只要轉頭一望，就能在一個路口看到賣臭豆腐的小攤，老闆穿著棉襖戴著氈帽。十幾年來不愿去回想的場景，夏菁本來以為這一切已經永久地湮沒了，但沒想到它們一直潛藏在某處，等待著有一天再被喚醒。這樣看來，也許夏菁從來沒有真正在這眼前這個她呆了十幾年的熱帶島國上生活過。真正的她也許一直都在另一個的地方，另一個的時間。

但那又怎麼樣呢？經過那段日子，她和阮浩並沒有一個怎樣好的結尾。稍微想一想就能知道，那種為了一點簡單的事情歡欣振奮的日子要永遠地繼續下去是不可能的。大四畢業前只有那麼多個週末，三四個假期也是過一個少一個。到了大三二學期，夏菁已經在為假期天天和阮浩出去逛，沒有去實習，將來找工作的時候怕會處在劣勢而感到不安了。還有那一年春節回老家時，遇到在美國做生意回來探親的姑姑。姑姑想去雲南大理玩，沒有伴，讓夏菁陪她去。夏菁就跟著她去玩了幾天。這時夏菁才知道什麼叫玩。四天的行程表，姑姑出發一星期前就安排好了，每一個小時要做什麼事，都精確地佈置好，預計多少開支，也都一項一項事先籌算清楚。因此她們只是去了短短四天，就好像把大理都玩遍了一般，而且吃得好住的好，又沒多花錢。從大理回來之後，夏菁再回想和阮浩在北京漫無目的地軋馬路的經歷，第一次從心裡感到無聊。不光無聊，夏菁還感到有些可恥。夏菁希望以後出去玩，是她和她姑姑出去時那樣，而不是和阮浩出去時那樣。夏菁也想，這麼想不是對不起阮浩。阮浩如果跟她的想法一樣，這時候也應該在尋求轉變了。他也應該認識到他們過去的幼稚，開始在為更廣闊的未來考慮了。所以開學回到學校，夏菁就不再次次都答應阮浩約她出去的邀請，也算是對他的一種激勵。

然而阮浩並沒有像她期望的那樣轉變。他的語氣，思考方式，對穿著的品味，對人生的態度，幾乎都還跟夏菁剛認識他時一個樣。他似乎覺得一直是小孩的樣子也無所謂。夏菁幾次主動跟他提起關於將來的話題，對於未來，他似乎沒有任何考慮，不管是關於他自己，還是關於他和夏菁。有一天他約夏菁出去，走在路上時，他忽然說：「我完蛋了，我對這個社會絕望了。」夏菁聽了很驚愕，追問了一番，才明白過來他前幾天在機房上網，翻牆到國外的網站下了一本禁書，叫《六四事件真相》，連夜看了一遍。阮浩說讀了書裡面介紹的十幾年前一場學生運動的內幕之後，他再也不能相信這個社會是公正的。明白過來以後，夏菁忽然感到從未有過的惱火。這已經是個二十幾歲的人了，居然還會因為看了一本什麼書，就說什麼絕望絕望的。夏菁不禁抬高聲音對他說：「那些事和你有什麼關係？你能不能不要管別人的事，先經營好你自己的生活？等你成功了，了不起了，再去管別人不行嗎？」阮浩聽了看著夏菁一會兒沒有說話，然後轉頭向一邊說：「原來你是這種人。」

即使是這樣，夏菁也沒有想過要和阮浩分手。臨近畢業的時候，他們的分道揚鑣已經很明顯是不可避免的事了，但夏菁想，至少不要讓她做提出分手的一方。那段時間阮浩常常發脾氣，為了一點無聊的小事就能斥罵夏菁一通，最後幾次見面，沒有一次不是以吵架結尾的。有一次被阮浩罵了，夏菁沒有當場表現出來，但回宿舍後實在受不了了，抱著枕頭哭了一場。即使是這樣，和阮浩在一起時，夏菁還是儘量保持積極的態度，面帶笑容，不說洩氣的話，要是阮浩消沉了，夏菁就儘量想一些鼓勵的話讓他振作起來。但結果是阮浩越罵她越凶。夏菁覺得自己這樣幾乎都像個受虐狂了。有時候她會想，這都是因為跨世紀那晚她對著煙花許願不談戀愛，後來又去談，所以受到這種懲罰。他們故事的結尾，是阮浩去和一個低年級的女生好了，因此也不用說什麼分手的話，他們自然地就分開了。

在纜車內，夏菁和阮浩相對面地坐著。纜車在離地面有五六十米的高度行走，六面都是玻璃，上下左右都可以看到風景。順著前進的方向，纜車一邊是海，在遠遠的海平線之前，海面上可以看到大大小小數十隻船舶，另一邊可以越過聖淘沙看到新加坡本島樓房的天際線。阮浩饒有興趣地左邊看看，右邊看看，一邊評價說：「要這麼看上去，新加坡還真是一個繁榮安定的國家。」他坐正了又問夏菁：「這裡應該沒發生過暴動什麼的吧。」夏菁說：「偶爾有一些小的事件，大的基本沒有過。」阮浩說：「新加坡不是也是一党專政的國家嗎？按理說應該和中國一樣，政治氣氛很壓抑才對吧。」夏菁說：「新加坡人不關心政治。他們關心的就是錢。只要政府能保證他們賺錢的機會，他們才不管什麼一党專政。他們在新加坡設立了這個系統，就是不管種族宗教政治立場，只要有錢就能過得很好。而新加坡人的確有錢，有錢得讓周邊的國家都羨慕，所以大家也就沒什麼不滿意的。對在這裡做生意的人來說，倒是挺理想的。」阮浩說：「看來華人搞資本主義也能搞得很像樣。不過我想也是因為地方小，當一家公司來管理也沒問題。要在中國那麼大那麼複雜的地方就難說了。」又問：「話說你還交黨費嗎？」夏菁說：「早就和中國沒關係了。難道你還是中共黨員？」阮浩說：「怎麼可能。」這時候前方的風景裡出現了一片高爾夫球場，阮浩問夏菁：「你打高爾夫球嗎？」沒等夏菁回答又說：「我最近也開始學著打打高爾夫，還是滿有意思的。」他說著做了幾下揮杆的動作。夏菁笑說：

「你怎麼又對高爾夫感興趣了？」阮浩說：「在奧克蘭那個鳥不生蛋的地方，一天到晚沒事做，就培養一點新的興趣愛好，不然太無聊了。正好我家附近不遠的地方有個高爾夫球場，我就時不時過去玩玩。」夏菁說：「你去紐西蘭到底是去幹什麼？」阮浩說：「反正不是去工作。」夏菁說：「那你靠什麼吃飯？是不是已經賺夠錢，給自己退休了？」阮浩笑說：「你看我像有那種本事的人嗎？」夏菁說：「我覺得在你身上發生什麼都有可能。比如寫一本書，忽然就大賣幾百萬本，或者出張唱片，大賣幾百萬張，一口氣掙到一輩子花不完的錢。我覺得你是有這種可能的。」阮浩笑了幾聲說：「我要是有那本事，今天就不是你請我吃飯了。」這時纜車已經開到了纜車站裡，阮浩站起來說：「我去紐西蘭的事，稍後要是有時間，我再詳細跟你講講。」

在聖淘沙逛了一圈出來，大約是下午三、四點鐘，阮浩說想回酒店休息一下，夏菁就帶他回酒店。他們旅遊團住的是市中心烏節路邊上一家小酒店。到了酒店，阮浩到櫃檯前想拿房間，櫃檯的服務生找不到他的名字。問清是跟團來的，就說必須有那個訂房間的人，也就是他們團的導遊在才能拿房間。阮浩想給導遊打電話，卻發現他沒記下導遊的電話號碼。他拿出旅遊的時間表來看，上面寫晚上六點他們團會回到酒店，休息半小時後出去吃飯。要拿房間只有等到那時候了。夏菁問阮浩晚上要不要跟團出去，如果不的話，她再帶他出去轉轉。阮浩說有點不好意思，占用她晚上和家人團聚的時間。夏菁說沒關係，難得有大學裡的朋友來，應該的。她女兒也習慣一個人獨處了。阮浩問她女兒多大了，夏菁就如實告訴他。夏菁說阮浩如果不介意，他在這裡等旅遊團回來的時間裡，她先去接一下女兒放學，六點多鐘再過來找他。阮浩說行。

夏菁就從酒店出來，看了一下表，沒往女兒的學校去，倒往公司去了。她事前已經跟經理們說過她今天有事不會來上班，結果心裡有一兩件事務放不下，又來到公司裡面，發了幾封郵件，處理了一份檔，不覺間就過兩小時。她打女兒的手機，女兒早已經放學了，現在在體育場和同學踢足球。夏菁就開車去體育場接她。路過一家速食店時，買了一份燒鴨飯的外賣。來到社區體育場邊上，她看到草坪上幾個小孩在追著一個球跑，其他都是八九歲大的男生，只有她女兒一個女生。夏菁想她女兒怎麼會喜歡跟男生踢足球這麼另類呢？她自己小時候和別的女生一樣，玩的都是踢毽子，跳皮筋什麼的。可能是以前熱衷漫畫的時候描了太多《足球小將》的畫的影響。把女兒載到家門口，抬腕看時間，已經過了六點半，就吩咐她進門後去換衣服，把髒衣服扔在籃子裡，然後把燒鴨飯遞給她讓她拎進去。她女兒下車前轉頭問了她一聲：「媽媽今天又有應酬？」夏菁說：「不算是應酬，媽媽一個舊友來訪，去陪他坐一下。」

來到阮浩的酒店裡，阮浩正坐在大堂裡等著，夏菁問他房間拿到了沒，他說拿到了，剛才旅行團來了又走了，夏菁就說那我們也出去吧。夏菁開車帶他來到濱海灣，找了個比較像樣的飯館，在靠窗的位子坐下來。窗外看出去可以看到濱海灣的夜景，一邊是商業中心的眾多高樓，一邊是金沙酒店像三面碩大的石碑的樓身，兩邊都是一片燈火輝煌的樣子，倒映在濱海灣搖曳的水面上。夏菁知道有不少人花了不少錢買機票從國外來只為看這個夜景，但這時阮浩就在眼前，夏菁不禁想，這和他們那時在西單，在王府井看到的景致相比，又算是什麼呢？他們兩人那時在北京街頭走著逛著，好像已經把世上的繁華都看盡了一般。眼前這濱海灣的夜景，可能樓房高一點，燈光的數量多一點，但她怎麼看，也產生不了看到什麼繁華美景的憧憬之情。看到這濱海灣風景，夏菁想到的不過是什麼時候她願意了也在這周圍的公寓樓裡買一個單元，天天看這風景看到膩，除此再沒別的。說到底是人變了。

阮浩隔著桌子問她說：「你先生是做什麼的？」他們點的菜還沒上來，他們之間的桌子上只擺著兩副刀叉。夏菁說：「他跟我一樣大學裡是學電腦的，現在應該還在一家大公司裡做開發吧。我和他離婚了。」阮浩驚訝說：「什麼時候的事？」夏菁說：「兩年前吧。」又說：「還是先說說你吧，你怎麼樣，結婚成家了？還是繼續單身？」阮浩聽了掏出錢包，從裡面取出一張照片遞給夏菁看，上面是阮浩穿著花襯衫抱著一個一兩歲大的小女孩。夏菁說：「你女兒？」阮浩說：「去年耶誕節在家裡拍的，那時她剛滿兩歲。」夏菁看這小女孩是標準的華人長相，判斷出她媽媽不是外國人。她遞回照片說：「所以你也成家立室了。」阮浩笑說：「意外嗎？」夏菁說：「因為太普通，所以有點意外。一直覺得普通的人生不適合你。你太太對你好嗎？」阮浩說：「對我很好。都讓我覺得好的有些太頭了。其實我的確並不想有這段婚姻的。」夏菁說：「什麼意思？難道你被人逼婚？」阮浩說：「說來話長了。我不是說關於我去紐西蘭的事要詳細告訴你嗎？」夏菁說：「你就說吧。」

阮浩這麼一說，夏菁才第一次知道他五、六年前的生活是這麼一種狀態。他欠了別人將近一百萬的債，每天過著躲債的生活。他的債主裡有親戚，有朋友，有社會上的人。親戚朋友的錢，他還不出來，人家倒還不會怎樣逼她，只不過見面時冷淡一點，社會上的人，有些很凶的，為十幾萬的欠款，就能拿著刀到他家來找他。那陣子因為怕債主找上門來，阮浩有家也不敢回，這裡躲躲那裡躲躲，每天提心吊膽像驚弓之鳥。後來出現一個女人，說她可以拿出一百萬幫阮浩把錢還了，條件是阮浩要和他結婚。阮浩也沒有什麼別的選擇，只能同意。這就是阮浩現在這段婚姻的由來。靠女人還債，吃軟飯，終究也不是什麼體面的事，所以入贅過去人家豪門之後，阮浩常常覺得過得鬱悶，便活動念頭，慫恿他老婆和他去外國生活。正好那女人也想到外國換換新鮮空氣，就答應了阮浩，兩人來到紐西蘭。他們在外國的生活花費，全都由女方家裡支援，因此他們在外國也不用做什麼，每天玩耍度日子。後來他們在紐西蘭生了一個女兒，就是夏菁在照片上看到的那個小女孩。

那阮浩那時那一百萬是怎麼欠下的呢？原來和夏菁很像，阮浩也是大學畢業後工作一年就辭職了。那時他心裡有很大的抱負，要自己創業，準備像比爾蓋茨那樣從零建立一個超級企業。但是他感興趣的是和自己大學裡學的專業無關的東西。一開始他做了一個資訊類的網站，用一些噱頭吸引使用者，然後賣廣告，也算能盈利。後來被一家大型網路商收購了，讓他得到一筆不小的現利。嘗到甜頭的他又搞了一個網站，這回是學國外的賭博網站，建了一個和法規打擦邊球的遊戲網站。結果網站剛開始盈利不久，就被監管機構查封了，做前一個網站賺的錢差不多全部用來交罰款了。在建第二個網站的過程中，阮浩開始接觸證券買賣，又覺得這好像是很適合他的營生。本來只是在做正事之外有空余的時間，才去炒一下，後來網站被查封，他乾脆用全部時間去玩，用東借西湊來的錢做本金。中國的證券市場是沒有什麼正常規律的，那些以為自己懂的人早晚都要栽跟頭，就像阮浩這樣。雖然錢越虧越多，但他總覺得自己已經開始發現規律了，想盡辦法再借錢投進去。結果收穫回報的日子依然遙遙無期，一兩年裡他已經欠了一百萬，大家都知道他是個無底洞，他想再借錢都找不到地方了。

阮浩看著窗外濱海灣的夜景，緩緩說：「現在想來，我不覺得當初抱著那樣大的志向出來創業是不對的。人沒有夢想怎麼開始？現在成功的那些人，當初一定也有過和我同樣的階段。只是我後來沒成功就是了。我知道自己的問題所在。我這種一般人家家裡出來的，常常都免不了急功近利，想早點把實利拿到手裡，一點眼前的甜頭在晃，就扔下別的不顧撲上去。我敗就敗在沒有更長遠，更執著的打算。」夏菁兩臂交叉坐著，對阮浩的話前後思想了一番，問說：「你剛才說你畢業後進的單位還算不錯，你後來想辭職的原因，除了想要自己創業，還有別的嗎？」阮浩轉頭對著夏菁看了一會兒，然後好像陷入回想之中，片刻後笑了一下說：「十幾年前的事了，你沒這樣問我都忘了。這事我還真沒和別人說過。」然後阮浩才告訴夏菁，那時他對單位裡的女上司有意思，也不管人家已經結婚了，常常動不動就言語行動上去招惹人家，後來單位裡其他同事察覺了，開始說他的閒話。要說起來，他當初辭職，也許很大一個原因其實是聽不得這些閒話。阮浩笑說：「我那個女上司，長得漂亮，人又不錯，可惜結婚了，要不然我真覺得我是有幾分機會的。」

阮浩往座椅後背上一靠，以不以為然的神態說：「從畢業算起也算過去十來年了，你也是知道我的毛病的，這麼長一段時間，荒唐事也積累了不少，有時這裡碰一下房東的女兒，有時那裡碰一下朋友的老婆，要是把這些事一件一件都說一遍，三天三夜也說不完。要是從整體上說來，我這十幾年的人生差不多就是我剛才跟你說的那樣，總之就是一敗塗地，什麼事業也沒有做成。」夏菁笑說：「不過你娶了個有錢能養你的老婆，這也能算是一個成就吧。」阮浩說：「娶個有錢的老婆，一聽上去可能會讓不少未婚男青年的羨慕，好像那就代表了可以不用做事整天享受，其實其中的苦是沒人知道的。和她爸爸說話，她爸爸永遠是那種表面鼓勵，內在譏諷的口氣，這也沒什麼。和她家親戚吃飯最讓我受不了，本來不過是見過兩、三次面的人，彼此根本不認識，就因為聽說她在養我，就一個個全是鄙視的態度。然後玩什麼永遠不叫我，把我排擠在一邊。其實這都還沒什麼。最糟糕的就是她本身的態度。剛開始幫我還債，要我娶她的時候，人還是滿可愛的。後來可能是受她家人親戚那種態度影響久了，也開始不用正眼看我了。以前都不會那樣，後來變得每天要我幹這幹那，看不順眼就罵我，有時還會動手動腳。」夏菁笑說：「她還會打你啊？」阮浩看了一下周圍，解開襯衫的一個紐扣，把一側肩膀亮給夏菁看，那裡有一道暗色的印記。阮浩扣回襯衫說：「看見了吧，這就是前幾天被她抓的。還有一件，說出來也不怕被你笑，有時她強迫我跟她行房，那才真叫獸性大發，你能體會我被她按在床上強吻的感受嗎？就因為她幫我還債，養我給我飯吃，她要怎樣對待我，我也不能反抗，只能忍氣吞聲做受氣包。」夏菁說：「你太太這麼厲害嗎？」阮浩說：「也不叫厲害，就是仗著家裡有錢有勢，耍小孩脾氣。這個人我說出她名字你或許還有點印象，叫呂雪。」夏菁聽了一愣，在記憶裡翻了一下，回想起一個人影。她訝異說：「你是說大學裡追過你的那個呂雪？那個劉海密密的蓋住眼睛，總穿一條長裙的？」阮浩說：「就是她了。」夏菁腦中忽然又浮起十幾年前記憶中的畫面，她和阮浩去食堂吃飯，那個呂雪站在路邊，瞪著她走過去。

兩人聊著的過程中已經吃完了前菜，主食，甜點，服務生上來問要不要咖啡或茶，夏菁說不用，叫服務生把帳單拿來。買了單出門，夏菁帶阮浩到不遠處的濱海灣花園走了走。這時是八、九點鐘時間，濱海灣花園裡零碎的彩燈點綴在路旁和高聳的人工樹上，氣氛幽靜而不沉悶。走了一段，夏菁想繼續剛才的話題，說：「要這麼說來，這個呂雪也算是很執著了，從大學那時算起，到她出手幫你，你們結婚，也過了八、九年了吧。」阮浩說：「是啊，我以為她大學畢業後就把我忘了，沒想到這麼多年她都一直在關注我，像捕獵的貓頭鷹一樣，一直在暗處看著等待機會。要說她條件也算不錯，追她的，給她家說親的應該也不少，但她竟然對那些都不理不顧，非要我這麼一個爛人不可。我都不知道我有什麼值得她那樣執著的。但後來也算讓她等到機會了。是我自已失足，沒法怪別人。」夏菁說：「你不愛她嗎？」阮浩停頓了片刻後說：「不是我不想愛她，但我們無法達成相互理解。比如說我無法理解她為什麼非要我不可。我想她也不是在理解我的基礎上想要我的。她只是想占有我，占有我的身體，她想像用鳥籠關住一隻鳥一樣把我禁錮起來。她想做包住我的空氣，想做我的唯一。她想讓我除了眼前，此刻之外沒有別的。但她不知道她關住的根本不是我，我是不在眼前此刻，而是在別處的。」夏菁想了一下，笑說：「總之你還想繼續三心二意下去就是了。」阮浩朝夏菁看了一眼，也笑說：「如果她能像你這樣理解我，我或許會愛她也不一定。」

夏菁說：「我們兩個當初為什麼沒好下去呢？」阮浩笑了一聲，說：「你覺得是為什麼？」夏菁沉默沒有回答。這個問題她已經想過太多次了，許多年裡她想到種種不同的回答，直到最近幾年，她漸漸停留在一種答案上，才不再反復尋思。她想，那時阮浩大約是猜到了她有更高的目標，知道兩人不能再一起走下去，所以用故意刺激她的方法來讓她離開。除此之外應該沒有更好的回答了。但想到這個答案又怎麼樣呢？她還是要走她的路，不會因為猜到阮浩的苦心，就要回頭去和他複合。這樣一想，夏菁忽然覺得無趣起來，又開始對今天來見阮浩感到有些後悔。兩人無言地走了一段，阮浩問說：「你對你現在的生活滿意嗎？」夏菁說：「算是滿意吧。每天身體頭腦都忙得留不出一點空隙，沒空去想還有什麼更好的生活。這樣對我來說也就夠了。」阮浩點頭說：「這樣就好。你要是能夠過上理想的生活，當初我們分開還算是有意義。」

夏菁問說：「你不是有東西要給我嗎？」阮浩說：「哦，對了。」說著他用手往口袋裡一摸，驚訝說：「不好，我忘了帶出來了。出門前還想著晚上要拿給你，把它從背包裡拿出來，結果還是忘了。」夏菁說：「沒關係，我跟你回酒店拿吧，正好也要送你回去。」兩人就往回走。走了幾步，夏菁一笑說：「你是故意的嗎？」阮浩轉頭看了夏菁一眼，不解說：「什麼故意的？」過了幾秒鐘，他才猜到夏菁的意思，笑說：「我是真忘帶了。你知道我有健忘的毛病。記不記得我們第一次一起吃飯，我不是說要請你，結果發現沒帶夠錢？我要是想的話，才不需要撒這種謊騙你呢。」回到停車的地方，兩人上車，夏菁把車開到阮浩的酒店，停在外面的停車場裡，然後跟他進酒店上樓。兩人進了房間，一關上門，就迫不及待地擁抱親吻起來，這都不必說了。雲雨之後，夏菁再問起東西的事，阮浩才從床上下來，走到旁邊茶几邊，從上面拿了一樣東西回來床上。夏菁接過那樣東西一看，原來是一個碧綠的玉手鐲。夏菁一時想不起這手鐲的由來，沉思了片刻，才想起是有一次他們兩個出去玩，阮浩在街邊給她買了一個銀手鐲，她就把原來她戴的玉手鐲解下來，交給阮浩，讓他先拿著。這麼說來，他這一拿就拿了十五年。

阮浩的行程是第三天晚上離開新加坡，接著的兩天他基本和旅行團沒關係了，完全由夏菁帶著他去玩。夏菁帶著他在新加坡轉了一遍，動物園，植物園，博物館，沒什麼人知道的風情小街，碼頭，吃飯的時候又都是去從她在新加坡生活十幾年的經驗中選出來的特色餐館。不知是不是行程排的太緊湊的緣故，後面兩天裡兩人基本上沒再提過去的事了，只是對眼前看到的景物指指點點，說說笑笑。公司方面夏菁本來說好了是放半天假，第二天早上她才跟經理們打電話，說要再休息兩天。其實以公司平時運營的情況，夏菁不在幾天一般也不是問題，只是那幾天正好他們要交一個東西給客戶，很多決斷需要夏菁來定。結果雖然夏菁跟經理們說了要休息，經理們依然不依不饒地發郵件給她，再加上客戶發來的詢問，一天下來總有十幾封郵件要處理，夏菁只好在送阮浩回酒店後，回家再花一兩小時回郵件。

第三天晚上夏菁送阮浩回酒店時，他們旅行團的人已經在酒店樓下聚集，準備一起去機場了。夏菁這時是第一次看到阮浩參加的這個旅行團的人，十幾個人裡大半是老頭老太太，有兩三對看起來像是夫婦的年輕人。阮浩跟導遊打過招呼之後，也歸回到隊伍裡。這時去機場的大巴好像還有幾分鐘才要來。阮浩和夏菁在那裡站了一會兒，忽然拉了一下夏菁，說想到一邊去說幾句話。兩人就走到酒店大廳裡一處沒人的角落。阮浩沉吟了片刻，看向夏菁說：「謝謝你這兩三天照顧我。這世上知道我是什麼人後還肯對我表示好意的，除了你我想再沒有別人了。」夏菁說：「別這麼說，應該的。老朋友別說這種話。」阮浩說：「這世上還有誰肯把我當朋友看？我的人生要是全部說出來，有幾個人會不嘲笑不鄙視我？我的人生就是這麼一個荒唐可笑的東西。這已經沒辦法了。這世上看透我的人不會愛我，愛我的人又不瞭解我。比如呂雪，我都不知道她把我當什麼東西。只有你一個人，我不知道為什麼，好像又瞭解我，又不嫌棄我。」這裡阮浩停頓了片刻，見夏菁沒有說話，他才繼續說：「所以我這樣隔十幾年又來找到你，也就是這麼一句話想對你說，不要討厭我。不管我過去做過什麼，不要討厭我。因為你也許是我人生裡唯一的拯救。我這荒唐的人生，沒有你愛我的話，就真的什麼也不是了。」說著阮浩看著夏菁，夏菁也看著阮浩，兩人都半晌沒說話，直到門口附近人影動起來，好像是巴士來了，兩人才一起轉過身去。

從他們站的地方走到酒店門口有十幾步的距離，在跟著阮浩走過去的十幾步裡，夏菁心裡一個響聲越來越強烈。不對。不是這樣的。事情不是阮浩說的這樣，而應該是反過來。她腦中忽然浮現出那年在北京，和阮浩走在雪花紛飛的街頭的記憶。那時阮浩問她餓不餓，要不要找地方吃飯，她說不餓，又看到前面雪裡有個賣冰糖葫蘆的，說想吃冰糖葫蘆。阮浩笑說，你真想吃冰糖葫蘆？她點點頭，阮浩就跑過去買了一串冰糖葫蘆回來遞給她。從阮浩手裡接過冰糖葫蘆的一瞬間，她產生了一個想法，她想：「這世上有這個人在真是太好了。這世上有一個我可以愛的人在真是太好了。」阮浩眼看著要跟著旅行團的老頭老太太上車了，夏菁忽然叫出聲：「不對！」阮浩和其幾個人都停下回頭看夏菁。夏菁心裡清楚了，如果她的大半個人生都是存在于別處的話，這個別處就是此時此地。她換了平和的語氣朝阮浩說：「你想不想到新加坡來長住？我應該有辦法。」

二零一七年十月於京都

仙女棒

過年的時候，上原雅彥回在熊本的老家參加高中同學會。同學會在當地一家酒館的包間裡舉行，他們組織的人租了一間能坐二十人的包間，而實際來的大約有十五六人。雅彥高中那個班級當然不止這些人，只是有的組織者不知道聯繫方法，有的發了邀請函過去也沒來。雅彥自己都不是每年都來，高中畢業過了九年了，從第四年開始他每年都收到同學會的邀請信，但他之前只參加過一次，這次是第二次。參加同學會算不上什麼有趣的事，大家無非是聊一些自己的近況，而來參加同學會的人大都混得不怎麼樣，他們說自己的故事也就沒什麼精彩之處。聊一下自己所在公司是幹什麼的，自己是什麼職務，聊一下自己繼承的家裡的那間小店生意如何，去到外省工作的還可以聊一下那個地方的風土人情。雅彥聽同一桌的人說，自己有時也說一陣，如果不是因為有和這些人高中同窗三年這個背景，言語之間牽連著一些舊回憶，這樣的會談很難不讓人感到無聊。

雅彥參加這次的同學會，其實抱有一個目的，他想見到一個人，一個叫涼子的女生。這不是說雅彥和這個涼子有什麼特別的交情，高中時如何要好。實際上雅彥在高中有一個聯繫緊密的小圈子，四個男生，兩個女生。他們的聯繫有的是因為家住的近，有的是因為從初中時就是好朋友，也有的是說不清的性格上的吸引，總之雅彥高中聯繫最緊密的同學就是這五個人。他們以小圈子的單位活動，一起到彼此家裡串門，放假一起商量怎麼打發時間，修學旅行時也一起行動。這樣的小圈子形成起來，外人就很難參與到他們之間，他們對圈子之外的人也漠不關心。特別是雅彥後來和圈子裡叫千代的女生認真交往起來，眼中就更沒有別人了。雅彥高三時開始和千代交往，到大三時分手，一共交往了四年，之後沒再和別人交往過。

而這個叫涼子的女生，不管是在高中時，還是那以後，都和雅彥的生活沒有一點交集。本來雅彥注意的班上的女生就只有圈子裡那兩人，後來更是只有千代一個，和這個涼子好像話也沒說過，就算什麼時候說過一兩句話，也不會當作重要的事記住。當然更不用說畢業後還有聯繫了。那雅彥為了想見到涼子特意來參加這個無趣的同學會是什麼緣故呢？大約是半年前，有一天雅彥在他東京的公寓裡，忽然想起一些高中生活時的片段，想到說，咦，好像班上有這麼一個叫涼子的女生，不知道她現在怎樣？越想越覺得在意。後來將近過年時，他收到同學會的邀請信，心想也許在同學會上能遇到涼子，就回了一次三年沒回去的老家，順道參加同學會。

說具體一點的話，那天下班回到家裡大約十點左右，雅彥換了衣服，在浴缸裡放水泡澡，然後從冰箱裡拿了一罐啤酒坐在陽臺上喝。陽臺對著的幾棟寫字樓有些燈還亮著，方格子的窗戶像從樓身上隔出的屏幕般映出裡面的景物，細看的話還能看到裡面的人的活動。這本來和雅彥每天晚上在陽臺上看到的景致並無差別，但這天雅彥出神地看著這夜景，忽然腦中閃過高中生活的一個片段。這個片段是這樣的。那是高二暑假裡的一天，他本來和千代有個約會，但千代臨時說家裡有事不能去了。他其它幾個夥伴早知道他和千代這天有約會，所以他們幾個已經去別的地方玩了，剩下雅彥處在沒有夥伴的狀態。這時雅彥和千代還沒有確定關係，千代這樣臨時推掉他們的約會，也沒把理由講得很清楚，讓雅彥很不安。他一個人在家裡，心裡煩悶，為了解悶，他拿了一個籃球到附近一個公用的籃球場打。那個下午太陽很大，很熱，籃球場沒有一個人，雅彥就自己在那裡練習投籃，上籃。不知什麼時候，旁邊多出一個人，坐在籃球場邊被樹蔭遮著的長椅上。雅彥認出那是班上一個女生，但他沒和她說話，只是自顧地打著球。那女生也不說話地坐著，好像一直在看著他。不知半小時還是一小時過去，可能因為被看著有點不耐煩，雅彥停下來，把籃球朝那個女生的方向遞了遞，說：「要一起玩嗎？」女生說：「我不玩。」雅彥說：「你家住在附近？」女生說：「嗯。」雅彥便不再和她搭話，繼續打球了。雅彥想不起來那天最後是他先走還是那個女生先走。這件事雅彥當時根本沒放在心上，後來也從沒想起過，不知為什麼事隔十年後，那個午後在籃球場上和那個女生的兩句對話會這樣毫無預兆地在他腦中浮現出來。這樣突然地回想起來，雅彥覺得很在意，用力接著想了想，想起來這個女生的確是叫涼子。

雅彥對這個涼子的記憶幾乎是一片空白。可能和雅彥的小圈子有關，也可能涼子本身就是個不怎麼起眼的女生。雅彥就算怎樣不關心小圈子之外的女生，那個組織文化祭班級展出的班長，還有那個在表演時領唱的合唱部部長，雅彥還是有確切的回憶的。而這個涼子可能是班上那幾個不起眼的女生中的一個，成績普通，性格也不活潑，上學放學都沒人注意的那種。要不然無法解釋雅彥為什麼對她毫無記憶。但是這時候雅彥能想起她的名字，說明雅彥肯定還是記住了她的什麼。雅彥閉上眼睛，仔細回想高中時的生活，回想文化祭，回想體育祭，回想活動部，終於想起來，這個涼子是陸上部的成員，在忘了哪一年體育祭的時候參加四百米跑，得了第二名。體育祭之後的班會，班主任把獎狀發給得了名次的同學，也叫到涼子的名字，涼子聽了上去拿獎狀。雅彥對涼子這個名字的記憶就是這時候留下的。

同學會已經進行了一個多小時了，涼子的身影還沒出現，看來今晚她是不會來了。雅彥有點坐不住了，班長過來這一桌敬酒的時候，雅彥故意擺出不經意的樣子問她：「啊，班長，我們班上是有個叫涼子的女生吧？你有她的什麼消息嗎？」班長想了一下說：「青木涼子？坐在那邊的美奈不是她的好朋友嗎？你可以問她。」雅彥聽了道謝後，坐在原地沒動一陣子。他有什麼理由要去問涼子的消息呢？突然間表現出對一個以前完全沒有來往的女同學的興趣，別人不是會感到很奇怪嗎？但是與此同時，雅彥坐在那裡，對涼子的好奇心越發膨脹起來。他終於還是忍不住，過去坐在美奈身邊。美奈已經結婚了，左手無名指上戴著一枚戒指。雅彥跟她幹了一杯酒，閒談了一陣，然後提出涼子的事問：「高中時你的確和涼子很要好吧？」美奈說：「是啊，我們是好朋友。」雅彥說：「那畢業後你們還有聯繫嗎？」美奈說：「有啊，我們一直聯繫到大學的時候。」雅彥說：「涼子現在在做什麼？」美奈說：「我們上次聯繫是兩年前的事了，她現在在做什麼我也不清楚。我們的聯繫在大學時就忽然中斷了，那之後她一兩年給我寫一次信，從信上我也不能判斷出她在做什麼。」雅彥說：「大學的時候發生了什麼事嗎？」美奈說：「她好像是捲入了什麼和金錢有關的糾紛裡面，大二的時候就退學了，具體情況我也不是很清楚。上次給我的信是從青森寄來的，也是寫了一堆意義不明的話，我也看不出她在東北那裡幹什麼，到底在面對什麼問題。」雅彥對美奈的話想了想，心想到這裡已經不能再問下去了，再問怕會招來疑問。

新年過後，雅彥回到東京，回公司繼續上班。雅彥所在的公司是一家中等規模的製造輪胎的公司。公司有上千的雇員，在東南亞幾個國家有工廠，很多卡車和公共汽車用的都是他們的輪胎，但因為他們的產品直接供應企業，不在市面上銷售，也不在媒體上打廣告，因此除了業界的相關人士之外，知道他們公司品牌的人很少。輪胎這個東西，一眼看上去都一個樣，但其實根據材料，尺寸的不同，在用途壽命等方面有很大的差別。雅彥所在的營業一課，主要的業務就是和機動車廠商會談，弄明白他們的需求，然後向他們推薦合適的產品。一星期的工作，和廠商和公司內部部門開會要占去一半，剩下的就是整理開會記錄，準備報告演示，核對銷售數據等雜活。雅彥對於工作絕不算熱心，但也常常被一些瑣事拖著，過了下班時間三、四小時才能回家。

雅彥他們營業一課的頭，叫伊藤的課長，據說是美國某名牌大學畢業，在美國有過幾年銷售工作的經驗。這背景解釋了為什麼此君有時說話匪夷所思，能說出日本人絕對說不出來的話。新年回來上班不久，部門開了一次大概目的是激勵員工士氣的會，該課長在臺上慷慨激昂地演說了一通，最後的結束語是：「你們的目標是世界。因為你們想得到世界，你們要有付出別人不能付出的汗水和淚水的覺悟。」他說完台下一片冷場，幾秒鐘後，稀稀落落地響了幾聲掌聲。雅彥心想，這個頭太搞笑了，坐在台下的這些人裡可沒有一個是為了想得到什麼世界在工作的。不信可以做個匿名調查看看，每個人都是為了糊口的薪水在做自己不願意做的事。如果加班，公司是要付加班費的。這個頭難道認為把「想得到世界」這個帽子往員工頭上一扣，員工無償為公司做事就變成合理的，他就能不付加班費了嗎？如果公司對於員工加班感到良心上過意不去，解決的辦法是把加班費一分不差地付掉，而不是污蔑別人「想得到世界」。

雅彥敢說至少和他同一部門，辦公桌就在他桌子旁邊的高田良樹和他有同樣的感想。這個良樹是網絡交友的愛好者，用公司的電腦幹活時，每隔十五分鐘就要打開交友網站看一眼。有些交友網站向會員收取令人咋舌的費用，一個月三到五萬日元，一般人見了就不會再多看一眼的，此人也交錢加入過。這樣的交友網站把良樹的資料拿去和其它會員匹配，然後向良樹推薦交往對象，當然都是女性，良樹就發消息過去和那人通訊起來。到了星期天，良樹就出去和這樣從網上認識的女友約會，幾乎每週不落。雅彥想良樹每天坐在公司電腦前像是在工作的樣子，其實一半時間腦中都是在想週末的約會吧。但良樹和這些網上認識的女友交往都不長久，有不少都是約會了幾次，讓良樹請了幾次看電影吃飯喝酒，然後就不再見面了。良樹的過人之處在于從來不會去想這些女人是在占他的便宜，而且和一個斷了來往之後，很快就能和另一個勾搭起來。休息時要是和雅彥在一起，良樹最經常提起的話題就是他現在新認識的女友有多漂亮，胸有多大，如何會撒嬌。雅彥很難理解他怎麼能對重複一件同樣結果的事這麼長時間不厭其煩，樂此不彼。這樣一個人，頭儘管可以去問他是不是「想得到世界」，要是得到肯定的回答，那一定是騙人的。

雖然雅彥對良樹沉迷網絡交友抱一種取笑的態度，但說不定從良樹看來，雅彥才是可笑的。一個二十七、八歲正當青壯的男子，沒有異性的交往對象，也不著急去想辦法，該不會是生理上有什麼問題吧？說不定良樹對雅彥抱著一種同情的態度，覺得這個人是不受異性歡迎的可憐蟲，可能還是處男，因此有時會以一種施捨的口吻提出這樣的建議，說讓他的女網友帶上一個女伴，再讓雅彥跟著他出去，來個二對二的約會。雅彥對良樹為他創造的機會沒有任何興趣，但他也沒打算把他和千代的過去解釋給良樹聽，因此每次只能現編一點藉口來拒絕，令他自己都覺得尷尬。

雅彥不知道別的情侶是怎麼分手的，是不是可以說分就分，兩人互相一轉身背對就可以不再理睬對方。雅彥和千代的情況，從千代第一次提出要分手，他們花了一年多的時間才真正分手。中間本來以為已經分了，但過了一些時候不知怎麼又複合了，這樣的過程，重複了五六次。如果把每次分手當作一次失戀，可以說雅彥在同一個女人身上就失了五、六次戀。對於為什麼要分手，他們激烈的討論過，提出過什麼「因為互相太瞭解，所以不能在一起」，「結婚的對象不需要是自己愛的人」之類的意味不明的理論。一直到最後，雅彥沒明白他們要分手的真正原因是什麼。最後真正分手，不是因為雅彥明白了他們需要分手的理由，而是因為他已經累了。他對千代的全部好感，已經在分分合合之間消磨殆盡，最後他想理由是什麼都無所謂，要分就分吧，他已經不想再陪這個女人玩下去。

　　和千代的戀愛消磨掉了雅彥對異性的所有欲念，包括精神上的和肉體上的。和千代分手後的這五六年，雅彥沒有再對任何女人產生過興趣，他連和哪個女人多說兩句不必要的話都很少有過，更不用說勾搭哪個女人上床睡覺了。這在和千代還在交往中的他看來，也許是不可想像的。和千代交往的時候，一個星期要是沒有做愛兩、三次，他就會覺得難以忍受。因為憋得難受，半夜打電話把千代叫出來，到做愛旅館裡解決的事都有過不止一兩次。那時性欲不能解決這件事，仿佛是一種天大的危機。現在雅彥已經五六年沒碰過女人的身體了，他發現做愛這件事要是沒有，其實也不會給身體帶來什麼異樣的變化。他也不看成人錄像，也不手淫，在沒有性愛的世界裡，他並不覺得過得有什麼不適。他感覺自己好像變成了一個和尚，每天的念經幫他戒掉了淫欲，但他念的經不是佛經，而是千代鬧分手的那些回憶。每天晚上睡在床上，他只要把和千代分手的那些記憶片段拿出來想一想，對於現在沒有性交這件事就會感到安然自得。反過來說，那幾年和千代一次次沒有止境的做愛，倒顯得像是怪事了。男人和女人做愛，高潮過去之後，產生的是什麼呢？

六月東京進入梅雨季節，幾乎天天都在下雨。因為潮濕的緣故，空氣顯得異常沉重，走在外面街道上時，兩旁雨景中的建築像用深色的漆重新塗過似的，只是看著就覺得有一股重量壓在頭和肩膀上。雅彥一成不變地每天開會，整理資料，寫報告，打電話。這天下午雅彥正坐在桌前辦公，忽然手機響起來，拿起來一看，是一個不認識的號碼。他點了接聽，放到耳邊打了聲招呼，對方回應，是一個女人的聲音。那女人先問他是不是上原雅彥，得到確定的回答後，她說：「我是涼子，青木涼子，你高中同學。」雅彥愣了兩秒鐘，以為是誰在和他開玩笑，不相信地疑問了一聲：「啊？」對方仿佛要他相信一般，說出了他們高中班主任和班長的名字，還說出雅彥的座位。雅彥想姑且相信她是涼子吧，但她有什麼事呢？按理說他們不算是熟人，隔了這麼久不曾見過，她來找他應該有什麼好的理由吧。正猶豫間，對方仿佛看到雅彥的想法，提出要求說：「我想和你見一面。你今天晚上有空嗎？」雅彥想了想說：「下班大概八九點鐘吧。」對方說：「那你九點半到大久保車站來，我在南口出口的地方等你。我會穿一件米黃色的外套和白色的襯衣。」雅彥說：「九點半在大久保車站南口是吧，明白了。」對方強調了一聲「你一定要來」，就掛了電話。

雅彥放下電話後暫時沒再想這件事，繼續做手上的事。晚飯和同事一起叫了外賣送到公司，吃了繼續工作。到了八點多的時候，他才感到有些急迫，匆匆地把手上的活了結了，九點出了公司。他搭地鐵到大久保車站時已經過了九點四十，他從南口出來，左右張望了一遍，正擔心涼子會不會已經走了，只見有個人站在路邊的欄杆附近，遮著一把雨傘，雨傘下面露出米黃色的外套下擺，墨藍色的長裙，還有一雙涼鞋。雅彥試探地走過去，走到那雨傘後面，叫道：「涼子？」雨傘的主人就轉過身來看著他。雅彥一眼就認出了這是他高中同學涼子無疑，雖然那已是一副成人的臉，但眼睛鼻子的特徵還是馬上讓他聯想到了她高中時候的樣子，和他最近喚醒的記憶中的涼子完全吻合。雅彥感到心跳得很快，眼前的涼子像是從夢境裡走到現實裡來一般，仿佛有什麼重大的意義，但再一想，他們將近十年沒見，根本是陌生人，不可能突然就熱絡起來。於是雅彥擺出客套話說：「對不起，剛才公司有點事拖了一會兒。我和青木好久沒見了，高中畢業後就沒見過吧。青木看起來還和高中時一樣漂亮。青木現在在哪裡做事，過得好嗎……」，這時涼子抬高聲音打斷了雅彥的話：「雅彥，你不想和我上床嗎？」雅彥聽了愣了兩秒鐘，說：「啊？」涼子說：「我一個人很寂寞，想找個人陪我上床，雅彥不能幫我這個忙嗎？」雅彥說：「現在嗎？」涼子說：「對。」

涼子的表情沒有一點開玩笑的樣子，看那迫切的眼神，好像真的想馬上和雅彥行男女之事。雅彥愣著不知道該怎麼回答。涼子說的事，從下午接了她的電話到現在，雅彥腦中一次都沒有出現過。一方面雅彥這幾年早就習慣了無性的生活，和某個女人上床這種事很難出現在他腦中。另一方面，要是說和涼子再會，他有別的更想做的事，他想和涼子好好坐著談一回，把這些年的經歷對她說說，也聽聽涼子說她的故事，也許在這之間他可以明白最近會突然掛念起這個女同學的理由。不知道現在的女生是怎麼想的，但和一個多年不見的老同學見面，不是雅彥這種思路才合乎情理嗎？雅彥心裡準備了好一些敘舊的話題，但這時被涼子這樣問了，不管他怎麼回答，這晚要和她靜下心來談談看來都不大可能了。在涼子提了這樣的要求後，如果拒絕她，那對她想必是很難堪的事，她可能會一怒之下轉身就走。而如果答應她，接下來他們的事多半要往違反雅彥的初衷的方向發展，很難再回頭。雅彥躊躇了許久，決定還是依著第二種選擇，配合她看看。如果涼子轉身就走，那他們之間什麼都不會有了。如果依從涼子的要求，那至少在他們做那事之前這段時間兩人能保證在一起，這段時間如果雅彥見機行事，也許還能得到一些符合自己初衷的收穫。

聽雅彥說了答應之後，涼子說了一聲「那就到我的住處去」，就兀自往街道一頭走去。雅彥趕緊跟上去。兩人就在夜晚的大久保的街頭走起來。這時天微微下著細雨，涼子把自己的上半身遮在傘的裡面，雅彥沒有跟她一起遮傘，自己走在一旁，看不到涼子的臉。走過兩個路口，雅彥開始試圖拿一些話跟涼子聊，問她「來到東京多久了」，「和老家的同學還有聯繫嗎」，「聽美奈說你前兩年在青森，不知在做什麼」，但涼子的回答始終是「嗯」，「啊」，或者沉默，並沒有要和雅彥說話的意思。問了幾個問題之後，見涼子這樣反應，雅彥也覺得問不下去了。他看著涼子遮在傘裡的側影在雨中無聲地移動著，很難相信她這時一心只有做愛的事，沒有一點別的話要和他談。

走了約有十分鐘，他們從大路拐進一條燈光昏暗的住宅區的小街，又走了兩三分鐘，涼子帶著雅彥從一條入口很難讓人注意到的窄巷進去，再走幾步，就到了大概是涼子住的公寓。這棟公寓是一棟兩層的長條形建築，上下都有四個單元，深色水泥牆構成的風格已經顯得很老舊了，樓下有一圈圍牆，入口的地方有信箱，還立著一塊牌子，寫著公寓的名字「金魚莊」。涼子的單元是一層的最裡面一間，他們進了圍牆的門，從其它幾家住戶門口經過，來到最後一扇寫著四號的門前，然後涼子就把傘合上靠牆放著，掏鑰匙開門。開門進去，涼子一摸門框旁邊的電燈開關，屋裡就亮了起來。雅彥探頭一看，十幾平方米的小房間裡算不上擁擠凌亂，是因為本來擺設就不多的緣故，其實屋主並沒有用心打理房間，鋪在榻榻米上的地鋪沒收起來也沒整理，凌亂的被單還是主人起來時留下的樣子，幾袋零食和幾本雜誌散落在地上，一角一個煙灰缸裡有五六個煙頭，另一邊水池裡隨便放著沒洗的杯盤筷子，除此之外屋子地上沒有別的擺設，一張檯子一副櫃子都沒有。雅彥心裡估計了一下，這樣規格的公寓這樣大小的房間，月租大概四萬日元吧，這樣至少可以確定涼子並沒有在從事什麼高收入的工作。

涼子關上門，指了一下地板中間的地方，說：「在這裡坐下。」雅彥聽從她的話，又因為有點緊張，不禁選擇了正坐，屁股貼著腳踝坐下。涼子也在雅彥面前坐下，身子朝雅彥這邊傾斜過來，伸手就開始解雅彥的皮帶。等涼子熟練地把皮帶解開，又開始解褲子上的紐扣和拉鍊時，雅彥有點著急了，他握住涼子的手說：「等一下，在做這件事之前，我有話想和你說。」

涼子抬頭看了雅彥一眼，說：「有什麼話，等我們做完這件事再說，拜託了。」雅彥正在猶豫的時候，涼子已經拉開他的褲子拉鍊，把裡面的底褲往下拉。雅彥只覺得難以反抗，他側了一下身子，讓涼子剝去他的褲子和底褲。然後他就赤裸著下身叉開腿坐著。涼子握住雅彥的陽具，開始在上面上下動作，沒一會兒雅彥的陽具就腫脹起來。雅彥看著熟練地做這一套動作的涼子，不禁感歎說：「涼子，你身上究竟發生了什麼？」涼子頭也不抬地說：「拜託了，不要說話。」

看雅彥的陽具立直起來後，涼子就站起來，脫去外套和裙子，又脫去胸衣和襯裙，最後除去底褲，扔在一邊，往雅彥迎上來。雅彥本來兩隻手肘向後靠在地上支撐著自己的身體，這時他放開手，把身體往後平躺下去，肩膀的一部分和頭部靠在那張沒有整理過的地鋪上。他決定不管了，聽憑涼子擺弄他的身體吧。總之這時和涼子對話的任何努力看來都是徒勞的。涼子已經坐在雅彥的下體上，把他的陽具埋入自己的陰道內，上下起伏，一邊發出輕輕的嬌喘。這生殖器與生殖器摩擦的刺激，本來雅彥是很熟悉的，但五、六年沒有過性交，他對去往高潮的那條路已經有點隔閡，他心煩意亂地躺著校對了一陣，好不容易才再次捕捉到了那叫做快感的感覺。上了軌道後，他用手在涼子身上撫摸起來，開始重新接納這個幾乎可以說半小時前才剛剛認識的女人。他從下往上看著涼子投入在快感中的表情，的確是他高中時那個女同學無疑。她是在體育祭四百米跑上拿了第二名的那個女生，用力想的話，雅彥幾乎可以回想起她穿著白汗衫和運動短褲在田徑場上跑步的身影。相隔了這麼多年，他們再會，在這小公寓房間裡做愛，這是多麼不可思議的事。但也許這不是偶然的。雅彥忽然產生一個想法，也許，也許他高中時真正喜歡的女生不是千代，而是涼子。如果他當時不是去追求千代，而是去和涼子在一起，也許他的人生會是完全不同的。而他前段時間浮想到記憶，和這時涼子的出現，就是為了來提醒他這一點。但雅彥隨即否定了這個想法，一個更確切的想法取而代之在他腦中迴響起來。也許涼子和千代是一個人。也許這世上的女人全體只是一個人，只是男人要求的時候，她們各自變成不同的人。

兩人這樣直奔主題行這男女之事，十幾分鐘就把事做完了。涼子從雅彥身上起來，低頭確認雅彥的陽具已經軟了，走向一邊，從牆上的架子上取下一件寬大的無領衫套上，然後靠牆坐下。她從一袋零食下面摸出一盒煙和一支打火機，取出一支煙點上。雅彥仍然保持躺著的姿勢，側頭看在燈下抽煙的涼子，覺得很難說她從剛才的做愛裡得到了多少快感。但現在應該是讓涼子開口的最好時機了，他不能錯過。雅彥坐起來，張開口，還沒問出問題，涼子卻先發聲了，說「請回去吧。」雅彥說：「涼子，你聽我說，你過去有什麼經歷……」不等雅彥說完一句完整的話，涼子打斷說：「我沒什麼想和你說什麼，你穿起你的褲子回去吧。」說著拿起手中的煙一皺眉頭深深吸了一口。雖然他們剛剛有過私處上接觸，但涼子顯然不因此覺得她和雅彥已經有多親密了。雅彥呆了一會兒，實在覺得無話可應了，只好站起來，穿上底褲，又提起西褲，紮上皮帶。他往門口走去，在玄關穿上鞋，開門出去之前，他轉頭留下一句話：「我不知道你是怎麼想的，但我還會再來看你。」走出公寓，又走到小巷外面之後，他留心看了看那不引人注意的小巷巷口，記下周圍的標記，又慎重地拿起手機拍了一張照，都是為了下次來時認得路。

第二天到公司上班，雅彥接待了一個從山梨縣來的農用機車廠商的代表。這個總部在山梨縣的農用機車廠商，之前說要一次買十萬隻輪胎，對公司來說也算是大客戶了，頭吩咐雅彥不能不認真接待。上午雅彥在會議廳給兩個農夫長相的代表做報告，介紹他們公司的產品，回答他們的疑問，轉眼就到了中午。農夫代表問雅彥公司附近有沒有什麼吃河豚的高級餐廳，雅彥趕緊讓祕書部的女生查了一下，帶他們過去。吃飯時雅彥聽兩位農夫代表抱怨了兩小時家裡老婆兒子的事。下午回到公司，繼續在會議室開會，這回由農夫代表提出他們方面的要求，又說他們調查了幾家輪胎廠商，看到有又優質又便宜的產品，雅彥只好耐心跟他們解釋，那些產品和他們公司的產品怎麼不一樣。一直談到下班時間，能寫進合約條款裡的事幾乎一件都沒談到。雅彥看時間已經晚了，問兩位代表想不想吃晚飯，兩位代表說讓雅彥給他們找一家能叫小姐陪酒的酒家，雅彥只好照辦。之前跟著頭接待客戶時，雅彥已經記住了幾間做這種生意的酒家的名字。跟著他們一起到了酒家，在一間包廂裡，兩位代表一會兒和小姐劃拳喝酒，一會兒高唱卡拉歐克，雅彥把領帶綁在腦門上陪著，不間斷地拍手歡呼營造氣氛。玩到十一、二點，代表中的一位過來摟住雅彥的肩膀，醉醺醺地說：「小夥子，你很上道，這筆生意我們是給定你了。」

把兩位代表送回旅館，雅彥坐著深夜的電車回家的時候，心裡無法不對自己產生一種厭惡感。他想，他做這些究竟是為了什麼呢？這世上的車子跑什麼輪胎，這世上的輪胎裝在什麼車子上，本來跟他是毫無關係的事。車子不是他的血，輪胎不是他的肉，要是有一天這世上的車子都消失了，輪胎都消失了，他還照樣是他，不會多一根毛或者少一根毛。既然是這樣，他像一個偏執狂一般陪上命要把一些輪胎裝在一些車子上到底是為了什麼呢？

第二天早上到公司繼續和農夫代表開會。大概是前一天一起玩過的緣故，農夫代表口氣親切了許多，兩邊開始漸漸談攏。剛過十一點的時候，雅彥正開始想中午和兩位代表去哪裡吃飯，忽然手機上的社交軟件接到一條訊息。他打開一看，這條訊息是這樣寫的：「明天中午之前請把一百萬元轉到下面寫的這個銀行帳號上，不讓我就把我們的事告訴你太太。」跟著是銀行帳號的一串數字，結束的落款是「ＡＲ」。隨後又有一條訊息發過來，這條訊息沒有字，只有一張照片，上面模糊的可以看見一個裸著下半身的男人。雅彥看完這兩條訊息愣了愣，對農夫代表說了一聲抱歉要去廁所，拿著手機走出了會議室。

他進了公司的男廁所，找到一間隔間進去，轉身把門拴上，打開手機，又把那兩條訊息重新看了一遍。落款這個ＡＲ無疑是青木涼子的縮寫，發給他訊息的社交軟件帳號名字也是涼子。這樣的話，訊息裡所說的「我們的事」無疑就是前天晚上他和涼子在她公寓親熱的事，這張半裸男子的照片也就是當時涼子拍下的雅彥了。但再把訊息讀一遍，雅彥心裡冒出幾個疑問。首先是這個「把我們的事告訴你太太」。雅彥想，他怎麼不知道他有個太太呢？這個太太姓甚名誰家住何處他怎麼不知道？看來涼子並不清楚他這麼多年一直過著獨身的生活，只是想當然地以為他有太太，以此隨便發了勒索信過來。然後是這張照片，從拍攝的角度看來，涼子是在他身子側向一邊沒注意時一手拿起手機拍下的，問題在於照片照到了他下半身，但並沒有照到他的臉。簡而言之，從照片上根本看不出這個男的是誰，用來勒索別人根本起不到效果。第三是發這條訊息的時間。假如說涼子是一開始就預謀好的，誘騙他去和她親熱，拍下做事的照片想勒索他，那明明昨天就可以發這條訊息過來。她昨天沒有發這條訊息，而是等了一天，等到隔一天的今天才發訊息過來勒索，這一天她在等什麼呢？作為預謀好的勒索，涼子事前調查沒做夠，手法太草率，效率也太慢。這樣前後一想，雅彥開始覺得這條訊息並不是預謀好的產物。他猜想事實有可能是這樣的，涼子沒有什麼預謀地把他帶到公寓和她親熱，中間順手拍下了一張沒什麼意思的照片，這兩天沒事的時候，她拿出照片來看，無聊之中想到一個用這張照片來勒索的主意，就給他發了那樣的訊息過來。

雅彥看了一下手機上的時間，他進廁所已經超過十分鐘了，農夫代表還在會議室裡等著，他不能不回去了。一直到了晚飯時間，農夫代表沒再要他陪吃飯喝酒，雅彥才得以有一段自由時間。他站在公司門口外的空地上，給涼子打了一個電話，鈴聲響了十幾聲，沒人接。雅彥到附近面攤吃了一碗拉麵當晚飯，然後又給涼子打了一個電話，還是沒人接。雅彥想說的話是這樣的。他希望涼子知道，他接到涼子那條目的顯然是勒索的訊息，並沒有感到害怕或者憤怒。一來她的勒索對他本來毫無威脅，二來他並不相信涼子是預謀好了真心要勒索他。更重要的是，他不相信那天晚上他和涼子在她公寓裡的做愛，是勒索陰謀的一部分。他相信那天晚上他們的做愛，除了做愛之外沒有別的意思。因此他並沒有因為涼子發的訊息而感到被騙，好像自己在桃色陷阱裡跌倒了一回一般感到失望難過。如果涼子有什麼經濟上的困難，需要用錢，他很願意看在舊日同學的分上幫她的忙。如果涼子需要一百萬，不用費這些工夫設計一場勒索，只要跟他說，他馬上能拿出來放在她手中。雅彥一邊聽著電話裡的鈴聲一邊在心裡想著這些話，連他自己也沒有察覺，這樣想著的時候，他好像把涼子當成了能夠傾吐心底祕密的至親的朋友，而他和涼子其實根本不算熟人。但雅彥給涼子打了三次電話，涼子始終都沒有接。

回公司裡處理文件，九點鐘出公司的時候，雅彥給上午發勒索訊息的那個帳號回了一條訊息，說：「涼子，請你打我的電話，我有話想和你說。」一發完雅彥就往車站走，坐上回家的地鐵。涼子的回復是在地鐵開了四、五站時發過來的，說：「我沒有什麼想和你說的。這是我給你發的最後一條訊息。如果明天中午之前我沒收到錢，我就直接去找你太太。」看來涼子是想把這個勒索的舞臺劇演到最後。雅彥想回一條訊息，乾脆地告訴涼子他沒有太太。但他想了想改變了主意。如果涼子得知自己的伎倆已經不管用了，她會是什麼反應呢？也許她從此就在他面前銷聲匿跡了。這不是雅彥想看到的。他覺得她和涼子還有什麼可以繼續下去。因此雅彥打定了一個主意，就是他要按涼子說的給她轉一百萬。拿出這一百萬不是因為涼子的勒索，也不是因為他和涼子有什麼私情，只是他有誠意和涼子繼續對話的表示。一百萬，也就是雅彥兩三個月工資，不是什麼他拿不出來的鉅款。於是第二天早上上班之前，他用車站的自動櫃檯機給涼子訊息裡寫的銀行帳號轉了一百萬日元。

到了中午午休的時候，雅彥給涼子打電話，想用不在意的語氣問問她錢收到了沒有。但是涼子沒有接電話。然後雅彥發了一條短信，說：「錢已經轉去你帳戶，請查收。」他預計著涼子晚上之前會回他的訊息，但到了晚上九點多鐘下班的時候，雅彥還是沒有接到涼子的回復。雅彥就想去涼子家找她看看。

第二天雖然是星期六，雅彥不得不在公司加班幹一些活，沒能抽出時間。到隔了一天的星期天，雅彥才得到去涼子家找她的空閒。早上從家裡出發坐車到大久保車站，還是按那天跟在涼子後面的路線，走到涼子公寓的外面那條街。雅彥一個路口一個路口找過去，跟那時手機拍下的照片對照，終於找到涼子公寓所在的那條暗巷。走進去很快就是金魚莊，雅彥在入口處先好奇地往四號房的郵箱看了看，看到除了一些廣告傳單沒什麼別的，這才走到四號房涼子住的單元門前。他敲了敲門，裡面沒有反應，過了一分鐘他又用更大一點力氣敲門，但裡面還是沒聲音。他從門旁邊的窗戶看進去，隔著窗簾裡面黑濛濛的什麼也看不清楚，也不像有人在裡面的樣子。雅彥心想涼子大概是出門去了，原地沉思了一會兒，從原路退了出去。

他在外面街上的一家文具店裡買了一隻圓珠筆，一個信封，和一本記事本。然後他找到一家人不多的咖啡屋，進去在一處光線不明不暗的位子上坐下，對迎上來的女服務生要了一杯咖啡。咖啡屋裡在放著大約是六七十年代流行過的英文歌。咖啡端上來後，雅彥喝了一口，然後打開記事本，一邊注意著喇叭裡的音樂，一邊開始給涼子寫一封信。開頭是這樣的：「那天收到你的訊息後，本來想馬上去找你，但因為公司裡有一點事忙著走不開，沒能去成，非常抱歉。那一百萬希望你已經收到了。那一百萬不是因為怕我太太知道我們的事，實話說吧，我沒結過婚，從來沒有過什麼太太。把那一百萬給你只是因為覺得你需要那筆錢。既然你說了想要這筆錢，同學一場，我覺得我要是能盡到力的，我都應該幫忙。」然後雅彥回憶了幾件高中時候的事，包括涼子得了四百米跑第二名的事。中間一段他這樣寫到：「那天晚上我也許不該和你睡。只是事情已經發生，現在說什麼也於事無補了。對於我來說，那一晚的經歷是十分美好的，只是不知你怎麼想。如果可能，希望你能把你的感想告訴我。那天你是抱著一種怎樣的心情和我抱在一起的，我的做法有沒有傷害到你，我十分迫切地想知道。」最後他這樣結束到：「希望你讀完這封信後能給我打個電話，或者哪怕是發條訊息，我十分盼望再次和你取得聯繫。」這樣寫完之後，他把信從頭到尾讀了一遍，然後把這兩頁紙從記事本上撕下來，疊好裝進信封裡，用一點唾沫封上。然後他拿上東西走出咖啡屋，又回到金魚莊，首先先去涼子屋前又敲了一次門，確認涼子沒有回來後，他把信封塞進涼子的郵箱裡。

接下來的一整個星期雅彥都處在一種悸動之中。這種悸動，就好像涼子再次給他打電話的時候，就是要答應他做他太太了。他的期待到了週三週四時達到最高，好像電話隨時會來似的，手上一有空閒就把電話抓在手裡。好幾次他坐在桌前處理文件，忽然好像聽到了電話鈴聲，但欣喜地拿起電話一看，什麼來電也沒有。到了週五週六時，他的期待開始消沉下去，他開始覺得，也許涼子不會給他打這個電話了。他不知道涼子不和他聯繫是什麼原因，是涼子的原因還是他的原因，只是他對電話鈴聲已經變得極其敏感，如果不這樣告訴自己，他勢必要把電話從天臺上扔下去才能安靜。果然一個星期過去，涼子一個電話也沒打來，一條訊息也沒發過。

又到了星期天，早上雅彥醒來，洗漱之後做了簡單的早飯吃了，然後和上一周一樣，搭地鐵到大久保，從那條暗巷進去，來到金魚莊的門口。他先檢查了一下涼子的郵箱，發現他上周放進去的信還保持著放進去時候的樣子，一個白色的小三角露在郵箱口外面。他捏著這小三角把信又抽出來，正反面看了看，信的封口沒被打開過。沒有人把這封信打開讀了收藏起來，也沒有人把它拿去扔在垃圾桶裡，它只是沒有人理睬地在郵箱裡躺了一星期。雅彥拿著信又走到四號房門口，從旁邊的窗戶看進去，裡面一樣黑濛濛地什麼也看不見。也許涼子已經搬走不住這了。雅彥忽然感到一陣緊迫的恐懼，怎麼，難道說那晚和他睡了的涼子，發訊息來向他要錢的涼子，是他的幻覺嗎？雅彥感到胸中一陣悶熱，血氣好像倒流了一般。他先打開手上的信封，確認這是他上周日給涼子寫的信，然後他走到巷子外面，掏出手機打給他高中時的班長。他先問涼子最近有沒有和她聯繫，然後問了涼子朋友美奈的電話。他必須要證明涼子不是他的一個幻覺，而是實際存在的一個人。給美奈打了電話，問她最近有沒有涼子的消息，美奈說涼子三個月前曾給她打過一個電話，根據她電話裡說的，那時她在福岡，但大概不久後就去了別的地方。她現在在哪裡，在做什麼事，怎麼聯繫她，美奈全都不清楚。雅彥又向美奈要了涼子父母家裡的電話。掛了美奈的電話，雅彥往涼子父母家裡打過去，是涼子媽媽接的。聽雅彥問涼子的事，她媽媽回答說，涼子大學二年級時離家出走，之後再沒和家裡聯繫過。雅彥問什麼原因，她媽媽說她也不是很清楚，只是涼子大學二年級的時候，好像交了什麼壞朋友，常跟一些形跡可疑的人來往。雅彥以幾乎不抱希望的心情對她媽媽說，如果涼子和家裡聯繫，請轉告她讓她給雅彥打電話。她媽媽反倒說，如果雅彥見到涼子，請轉告她讓她和家裡聯繫。

雅彥走到上次他在裡面寫信的咖啡屋，進去要了一杯咖啡。這次他坐在一個光線明亮的靠窗的位子。他先試圖理性地思考，根據他得到的消息判斷，涼子現在可能在任何地方，在埼玉，在大阪，在新瀉。她可能在任何地方，也可能不在任何地方。這次涼子在東京出現，就好像是因著雅彥的思念，作為對雅彥的思念的應答而來，一旦完成使命，她就原樣消失到雅彥無從捕捉的那個世界裡。雅彥的思路無法再往前移了。他一頭茫然地坐在那裡，看著窗外馬路上走過的人。每次他的視野裡出現一個人，他就盯著那個人，直到那人走過窗外的空間，從窗框一邊消失，他就把目光移向下一個人。他不知道自己在那裡坐了多久，也沒注意咖啡屋裡放了怎樣的音樂，他只是機械地重複著把目光從一個人影身上移到下一個人影身上的作業。一開始他還看到男人、女人、老人、年輕人、上班族、學生，後來這些區別都不見了。他看到的所有人都變成了涼子。他頭腦中的一個涼子，分裂成無數個涼子，長相穿著各不一樣，但人都是涼子，在他的視野裡浮現。每一個分裂出來的涼子，都把空間分割成兩塊，不久後雅彥視野裡的世界變得支離破碎，再也不能復原。

七夕節的時候，良樹大概和新交的女朋友約會了，過了節第二天來到公司，良樹故作神祕地把一包紙包放在雅彥桌上。雅彥打開紙包一看，裡面是一把仙女棒和一盒火柴。良樹笑笑對雅彥說：「昨天晚上沒放完剩下的，送你吧。你可以拿去海邊放。一個人放仙女棒大概也別有情趣。」良樹在「一個人」三個字上加重了口氣。雅彥向他謝過，因為他就是打算這麼辦的。

這天下班雅彥提早離開公司，搭地鐵去港區，八點多時就在品川站下了車。他沿著海灣走，不久走進一個林木茂盛的小公園裡。他搜尋著走到公園一角，看到腳跟前有一段通向水裡的臺階，水上面有五六級臺階，水下面多少臺階則看不見。雅彥就在這臺階上坐下來。海灣的對岸可以看到錦帶似的一條燈光構成的亮帶，水面上搖曳著這些燈光的倒影。一整塊天幕和水面上沒有倒映著燈光的部分，都是漆黑的。雅彥自己也坐在黑影之中，他背後的一排樹擋住了後面公園外馬路上的光線。即使他這時拿出鏡子來，大概也看不清自己的臉。雅彥摸索著從紙包裡拿出火柴，擦亮一根，然後摸出一支仙女棒點上。仙女棒在火柴的火苗上停頓了半秒鐘，然後嚓地一聲迸射出耀眼的光亮來。這仙女棒的光亮又熱烈，又燦爛，就好像是從雅彥的希望中直接迸發出來，是雅彥的希望本身的一般。這樣被這仙女棒的火光照亮，他感到他所有的孤獨，所有的失落都像是假像似的。火光在仙女棒上慢慢往上移，移到頂部時，無聲地熄滅了，這過程不過十幾秒的時間。四周又被漆黑色包圍。雅彥剛剛蘇醒的希望，連著那短暫的火光一起，已經化進無盡的黑暗之中。

二零一七年六月於新加坡

離開的方法

程含一直到大四畢業時也沒想過自己是有錢人。他們家本來是住在城鄉結合部的一戶普通人家，父母都是工人，從小到大從來沒有什麼讓他覺得他們家有錢的。他大二的時候，他老家碰上市區擴建，政府把他們家和家旁邊他們種的一點地圈去，補償是在新蓋好的居民樓裡給他們三套房子。那時普通工人一個月的工資一千算多的了，而這三套房子當時總價值大概有兩百五十萬。那年程含在外地大學裡讀書，暑假也沒回家，對這件事幾乎一無所知。在電話裡聽父母那麼幾句話一說，他也沒想過是什麼大不了的事。只是在年底的時候，他打電話回家，想要錢買台筆記本電腦，家裡人一下就答應了，這讓他有點意外，但也沒引起他更大的注意。那時他的注意力除了上課作業大學生的例事之外，就是在魔獸爭霸，仙劍奇俠之類電腦遊戲的世界裡，對於現實中深刻的發生，他是遲鈍的。所以他好像沒什麼準備地忽然就到了大學的結尾，看到周圍的人紛紛在忙著找工作這件事，他好像第一次對於現實有所考慮。然後他發現他的專業工作不好找，師兄師姐對專業的工作抱怨的也很多。這時他想起的是有一回他爸跟他電話裡說：「找不到工作就回老家來，沒關係，現在我們有錢，養得起你。」後來他又問了一下，得知他們家靠出租房子一個月就能收入六、七千。他就算去工作，也掙不到這個的一半。他想，那還找工作幹什麼呢？是在收拾了鋪蓋回老家的路上，他心裡第一次振奮地有了這個想法：我們家是有錢人，我是有錢人家的孩子，我是富二代！

他們家有兩百五十萬巨額家產這個新的認識每天都在程含心裡改變著什麼。雖然表面上他在家裡依然每天打遊戲無所事事，但他的心一天比一天躁動。當然他想不到可以拿這錢做什麼。他只是有時看到他爸媽每天在家除了看電視就是喝酒打麻將時，他會產生一點反感，隱約覺得他還這麼年輕，不能一輩子就像他爸媽這樣。然後就到了這年國慶，他和一個朋友出去旅遊，去了幾個地方，深圳是第二站。深圳這個城市有她特有的氣息，路上的人走路很快，公交地鐵各種服務有完備的標準，不管是車站的售票員還是餐廳賣早餐的，每個說話人好像都想多賺點錢。他沒想到這個城市的人的呼吸是和他們內地二線城市城鄉結合部靠收房租生活的人的呼吸不一樣的，他只覺得精神被撩動，好像肉食動物聞到血腥味一般。他問一起去的朋友，深圳這個城市有什麼特別的東西。朋友回答，除了妓女，大概就是股票了吧。聽到前一樣東西，程含已經有三五分激動，聽到後一樣時，他一開始不大理解，後來一想，簡直整個人振作了。他想，是啊，電視裡不都有演過，一個人可以怎樣在股市裡搏一搏，一下發大財？父母雖然有錢，但那畢竟是父母的，父母沒死就傳不給他，要是他能自己賺到錢，不靠父母，那該有多好？要說炒股票需要本錢，那他正好有，只要回去說一說，他爸媽肯定會支持他個三五萬的。他的淩雲大志就在坐著計程車看著窗外的樓房劃過時就定下了。在進深圳的時候，他是個頭腦空空，有些躁動的情緒，但沒想法的普通小青年，在出深圳的時候，他腦中就有了個夢想。這夢想也不知是他自己的夢想，還是輸入每個訪客頭腦中的這個城市的夢想。

程含連後面幾個遊玩的地方也不想去了，立刻回老家，向父母要錢。他父母一開始也不懂他在說什麼，什麼創業，夢想的，猶猶豫豫的不想答應，後來經不住他反復說，終於還是同意給他十萬塊，讓他去闖闖。程含就口袋裡揣著十萬現金又來到深圳。他口袋裡從沒有過這麼多錢，但他想，用不了多久，他的錢就會比這多得多呢！他找了一間旅館進去，拿身分證給他們登記，用現金交錢。只是這樣簡單的事就讓他覺得激動。人家問他住幾天，他隨口說了個七天。他不禁想，這些人能看出來他來這裡是想做什麼嗎？

總之第一件事是到銀行開個戶把錢存進去，這麼多現金帶著不方便。存完錢以後，程含就不知道要幹什麼了。以前只是在電視上見過那些股票玩家喊價，打電話，穿著西裝開著跑車的一些鏡頭，現在他自己要做，要怎麼開始，他一無所知。就在銀行大廳裡胡亂轉的時候，他看到角落放廣告宣傳單的展示板上，有一個「金銀證券」的宣傳單，他拿起來看了看，第一次知道買賣股票要在證券公司開一個賬戶，然後可以用家裡的電腦上網買賣，或者到證券公司營業部用那裡的電腦。傳單的最底下寫著，如需諮詢，請聯繫客戶經理陸小姐，跟著一個電話號碼。程含就拿出手機打了一個電話過去，鈴響了三聲之後有人接了，是一個清脆的女聲，說：「你好，我是金銀證券陸秋。」程含就說他想開個賬號買賣股票。女聲問他能不能到他們營業部來，又說了個地址。程含說他剛到深圳沒幾天，不認識路。女聲說這樣啊，那你現在在什麼地方。程含就說他在什麼什麼銀行。女聲說，行，要不然你在那裡等我二十分鐘，我過去找你。程含說好。

程含坐在銀行大廳的椅子上等著，看著大廳的入口。二十分鐘後，從入口走進來一個女性，穿著西服西裙，一手挽著一個提包，進來往大廳裡望瞭望。程含猜是她，就迎上去問說：「陸小姐？」女性微笑問他說：「就是你要開戶？不知道怎麼稱呼？」程含說：「我叫程含。」「哦，程先生。」「不用叫先生，叫我程含就好了。」「那你也叫我陸秋就好了。」陸秋年紀應該在二十五以上，看上去年輕，但細看可以看到眼角和唇邊細微的皺紋。陸秋生的算是漂亮，鴨蛋臉，五官端正，兩眼有神。個頭有點小，大概不到一米六，程含個頭也不高，但和她說話時明顯感到自己在朝下看。陸秋問他開戶需要的證件，身分證，銀行存摺有沒有帶。程含就把剛拿到存摺的給她看。陸秋看了說可以，然後說帶他去營業部。兩人就從銀行裡出來。走在深圳程含不熟悉的大街上，一邊走陸秋一邊和程含閒聊。問他是哪裡人，程含回答了，陸秋就說知道那個地方，有個什麼小吃很有名。又問他多大，程含回答了，陸秋問他是不是大學生，程含說七月的時候剛畢業。陸秋問他為什麼不找工作。程含說不喜歡給人打工，想自己出來闖闖。程含隨口這麼一說，也只是因為聽起來酷一點，心裡其實並沒有這樣的想法。本來他工作也沒去找過，給人打工是怎樣的事，他並沒有考慮過。陸秋又問他之前有沒有做過證券交易的經驗，程含說一點沒有。陸秋聽了停頓片刻說，是這樣啊。

到證券公司營業部，陸秋和那裡的人自然是熟識的，和前臺打了招呼，然後帶程含進去裡面一間辦公室。她打開辦公桌的電腦在上面輸入了什麼，又拿程含的身分證和存摺去複印，接著又在電腦前敲了一陣。然後說好了，遞給程含一張打印出來紙，上面印著用戶名和密碼，說用這個就可以登錄他們公司的交易軟件買賣股票了。她介紹說，他們公司對客戶的交易不管買賣，都扣取百分之零點五手續費。也就是說一筆買賣要賺到百分之一以上才算賺到錢。說著她朝程含微笑了一下。程含想那不是很容易的嗎，也笑說，沒問題。這樣程含在這營業部就算完事了，他正想往外走，陸秋又叫住他，問說，你現在住在哪？程含說住在一家旅館裡。陸秋問一晚上多少錢。程含回答了她。陸秋就說，你要是想在深圳呆久，還是租一間房子比較划算。程含這時才發覺自己對這次來深圳沒有一點計劃，要在這裡呆多久，怎麼吃住，都沒有事先想過，只是覺得人到了這裡自然都會明白。陸秋見他陷入沉默之中，等了等又說，我有一個朋友現在正好有一間空房出租，就在這附近，一房一廳，房租也不貴，應該挺適合你這樣的年輕人的。程含聽了說，是嗎，那不是正好嗎？我就是在找一個住的地方。陸秋說，那好，我打電話問問我朋友。說著她就拿起手機，撥了一個號碼，接通後說，哎，上次你說的在某某路的房子，租出去了嗎？沒有啊，我這裡正好有一個客戶在找房子，你能讓他什麼時候去看看嗎？就今天吧，四點？好。掛了電話後，陸秋看向程含說，今天下午四點能去看房子，我把地址寫給你，你下午沒別的事吧？程含想了一下說，倒是沒事，但我對深圳街道不熟，你寫給我地址我也找不到。陸秋明白了程含的意思，一笑說，幫人幫到底，我就帶你過去吧。那你下午三點四十左右還是到這裡來？程含說可以。

程含就回到旅館裡，等到三點四十的時候又過來營業部。他跟前台小姐說找陸小姐，前臺就讓他進去裡面的辦公室。進了陸秋的辦公室，陸秋正在打電話，好像在回答什麼諮詢，說了五六分鐘才說完。掛了電話，陸秋轉向程含一笑說：「我們走吧。」兩人從營業部出來，陸秋在前面帶路，穿過繁忙的街道，拐過兩個路口，進入一片住宅小區裡。這裡一排排的都是樣式相似的十來層高的住宅樓，樓身灰白色，開著一格格幽暗的窗子。陸秋一邊看著手機上的訊息一邊在樓房裡找，帶程含進了一棟樓，坐電梯到七層，在一個單元前核對了門牌號，按了門鈴。一個年齡大約四十歲的男人，應該是房東，開了門讓他們進去。陸秋對程含說，你隨便看看吧，然後和房東聊起來。程含就自己在兩間房裡轉了轉。這一房一廳兩間房大小差不多，臥室裡擺著一張雙人床顯得更擠一些，廳裡一張沙發、一張茶几、一個擺著液晶電視的電視桌，一側開著小門通向陽臺。廚房和衛生間也沒什麼特別可注意的。家具都是全的，床上有鋪蓋枕頭，廚房櫃子裡有杯子盤子，好像前一個住在這裡的人走時東西都沒帶走，不久還要回來似的。程含也不知道還要看什麼，就走回房東那裡，問房租要多少。房東說你是陸秋介紹的，就一千六好了。陸秋說這是公道價，我自己住的一房一廳跟這個差不多大，一個月要一千八呢。程含又問說那什麼時候能搬進來。房東說什麼時候都可以。程含說明天行嗎？他當晚的旅館房費已經付了。房東說可以。陸秋說要不要給你押金？房東說那就拿一個月房租的押金吧。程含說要去銀行取錢出來。房東就說那你明天搬進來時再給我也行，我明天在這裡等你，你來了我再給你鑰匙。程含說行。陸秋就對程含笑笑說，不錯啊，這麼快就找到住的地方。

這樣程含就在深圳住下了。租了房子之後，程含沒有馬上就開始他的股票生意，而是先連打了三天遊戲。在家裡的時候，打遊戲打到很晚父母看見了還會說兩句，現在沒說他的人了，打通宵也無所謂，所以他不禁就把魔獸爭霸連爽了三個晚上。餓了就到小區旁邊的飲食店吃飯。第三次去的時候，他看見店裡貼了一個叫外賣的電話，他就把這個電話記下來，之後也不出門吃飯了，每餐叫外賣吃。到了第四天他才覺得這樣可能不行，終於想起來他來深圳是抱著什麼目的，於是登錄了金銀證券的網站，下載了他們的交易軟件，準備做正事了。正準備一展手腳的時候，他忽然發現軟件有點問題，他交易不了。他想了一下，打電話給陸秋，跟她說他用不了交易軟件。陸秋問他輸入用戶名和密碼了嗎，他說都輸入了，就是不行。他接著又說，要不然你來我家幫我看看。陸秋停頓了一下說，我今天事很多，要去你那兒也要等到下班以後，但今天我可能九點多才會下班。程含說沒問題啊。陸秋說，那行吧，我下班後過去找你。說著掛了電話。程含想反正軟件用不了也沒辦法，就接著打遊戲。到了晚上，差幾分鐘到十點的時候，門鈴響了，程含過去開門。陸秋就進來。她這天穿了一件紫色的襯衫。陸秋也不說別的，讓程含打開軟件給她看看。程含就讓她坐到電腦前，打開軟件。陸秋擺弄了兩下說，你沒有把錢轉到交易賬戶裡，所以不能交易。你現在有兩個賬戶，一個銀行賬戶，一個我們公司的交易賬戶，只有從銀行賬戶轉錢到交易賬戶，才能開始交易。你用你在銀行開戶時設的密碼把錢轉過來就行了。程含說，原來如此。陸秋說，沒別的事我就走了。程含說好。陸秋轉頭一看，發現擺在客廳一角的垃圾桶裡堆滿了快餐盒，說，你這裡垃圾堆滿了怎麼也不拿去扔。說著走過去，把垃圾桶裡墊著的塑料袋拎起來，說，我幫你拿到樓下去扔了，下次你要自己扔。程含說好，謝謝。陸秋拎著垃圾袋走出去後，程含忽然意識到陸秋今天灑了香水，現在客廳裡滿是香水味。

程含覺得炒股票就像是在玩電腦遊戲，同樣是在電腦上看屏幕按鍵點鼠標來進行，有一個目標，然後有一些明的暗的遊戲規則，要贏需要思考和策略。但這個遊戲和他之前玩的魔獸爭霸有不一樣的地方。這個遊戲沒有對立面。魔獸爭霸裡有人族和獸族相互對立互相攻擊。但炒股票沒有人攻擊他。沒有人進股市目的是讓另一個人的錢減少。所有像程含這樣拿著一點本錢進股市的人目的都一樣，就是把自己手上的蛋糕做大。這更像是一種挖寶的活動。每個人在自以為有金子的地方挖下去，挖到了就自己抱回家，挖不到或者挖出垃圾，那就要付出成本的代價。可能他在一個地方挖挖不到的時候，另一個人在別的地方挖到了，但別人挖到並沒有讓他該有的金子減少，他挖不到也不是別人攻擊了他的緣故。所以這是一個自我封閉的遊戲，起因只在他自己身上，結果也只在他自己身上。每天早上接近開市時間時，程含打開電腦，想著今天自己準備撈多少錢。每天收市時，程含檢查自己的賬戶，回想這天的操作，想著自己哪筆操作賺了哪筆操作虧了。在這個過程中，很奇妙地，程含從來沒想過除自己以外第二個人。沒想過誰幫了他，或者誰害了他。可能因為對炒股票的人來說這樣的角色是不存在的。

一個星期過去，程含損失了四五千塊錢。但他保持樂觀的態度，因為在他把錢拆成幾份做的十幾筆交易中，有三筆是賺的。出於一種自然的思維模式，他認為這三筆賺的是因為他看到了什麼，另外那些虧的是他漏看了什麼。於是他想只要他積累經驗，他就能看得越來越准，增加他賺的幾率，減少他賠的幾率。每每這樣想時，他就覺得備受鼓勵，好像一個發達的未來已經在不遠處等著他了。一個星期的時間裡，他除了打電話叫外賣之外，幾乎沒和人說過話。是在一星期多之後，這天收了市，他坐在沙發上，正在從緊張的情緒中緩過來，若有所思的時候，他忽然想到陸秋。他想起那天深夜陸秋到他家來幫他丟垃圾。他忽然意識到這是一件不太自然的事。要說人過來帶他去證券公司的營業部，幫他開戶，這好理解，陸秋幫公司增加客戶，她自己肯定也有拿一點獎金。但是幫他找房子？深夜了過來幫他看電腦，幫他丟垃圾？他想不出陸秋能在這些事裡得到什麼收益。程含考慮之後想到，難道她對他有什麼特別的意思？這樣一想，程含就開始想陸秋看上他可能的原因。首先不可能是錢。不管現在程含怎樣覺得家裡有錢，他是富二代，他還沒腦熱到不知道真正的大款是怎樣的。他銀行賬戶裡不過是十萬塊，比這個多的多的賬戶陸秋肯定不知道見過多少了。那是為什麼？程含想到，也許是因為他年輕，長的帥。長這麼大從來沒有感到被女生喜歡過的程含忽然停留在這個想法上。這很有可能。他想。陸秋的客戶可能大都是些中年男人，老頭子，像他這樣年輕的可能不常見。要這麼想就合理了。想來陸秋看著應該快三十了，原來喜歡吃嫩草。這麼想著，程含從沙發上站起來，走到衛生間照鏡子。他看著鏡子裡自己的臉，頭一次覺得這張臉長得不錯，難怪會招大姐喜歡。

走回到沙發上坐下，程含心裡盤算起來，陸秋對他有意思這件事能帶給他什麼好處呢？程含想了想，自己現在想要的無非就是錢，而且他也不是想像天上掉餡餅那樣讓他憑空拿錢，他知道沒那麼好的事，他要的是通過做買賣的方式正當地賺到錢。如果這是他想要的，那陸秋能幫到他嗎？程含想了一下，覺得能。陸秋有那麼多客戶，一定有一些有用的訊息在手上。只要她把這些向他透露一點，比如說哪個大戶準備買哪支股票，他就跟著買，不是包賺的嗎？這樣的內部消息她公司可能有規定不能透露給外人，但要是陸秋對他有意思，那就不一樣了。要是陸秋真喜歡他，他找她要訊息，就算是她不能說的，也不怕她不說。喜歡一個人總要付出點代價嘛。他不是白白在這裡讓她喜歡的。程含心裡美滋滋地想著，好像他這借女人發達上位的圖謀已經十拿九穩了似的。等他真的上位了，賺得盆滿缽滿，無數年輕美女任他挑選了，他再一腳把她踹掉。就好像電視劇裡常演的那樣。程含歪著嘴角笑著，沉浸在這得意的浮想中，好一陣才收回思路。然後他首先第一件事是拿起手機給陸秋打了個電話。他要把這件事落實下來。他得約陸秋出來，測試一下她的心意，看她是不是真的對他有意思。

接通了陸秋的電話，陸秋倒先和他問好，問他最近情況怎樣。程含說還不錯，然後問陸秋兩天後的星期六有沒有空。陸秋說：「星期六我可能有點事，你有什麼事嗎？」程含說：「沒什麼事，反正有空，想約你出來逛逛街。」陸秋說：「不好意思，我星期六可能抽不出時間。」程含忙問：「那星期天呢？」陸秋說：「星期天我也有安排了。」程含一愣，心想，這是怎麼回事？之前要她幫忙，她忙到深夜還肯不顧勞累下班後過來找他，現在是約她出來玩，為什麼她倒不願意了？難道他對陸秋對他有意思這件事預計錯了？那個想法只是他的一廂情願？程含心裡忽然又急又氣，也不知是沖著誰的，只是對話筒裡冷冷地說：「這樣啊，那就算了。」他本來想馬上掐斷電話，但他想聽聽陸秋還有什麼說的，便把電話放在耳邊沒動。停頓了片刻，陸秋說：「你要是願意，我們可以星期天晚上一起吃個飯。你大概還沒怎麼出來逛過吧，我可以帶你到夜市轉轉。」程含一聽又高興了，雖然讓他短暫地怕了怕，看來陸秋對他有意思這件事不會錯了。

於是星期天晚上程含就出去和陸秋吃飯。他們在程含住處附近一個港式茶餐廳吃，陸秋點了一碗面，程含點了一份米飯的套餐。兩人說了一陣閒話，陸秋指著菜單向程含介紹了一番，程含問了她幾個問題，陸秋回答了他，說她做證券七、八年了，以前是在內地一個農村長大的。這些都不是程含關心的，他只是在等一個時機，好向陸秋提那個他準備好的要求。但陸秋一直在和他說閒話，他等來等去也等不到切入的時機。中間陸秋問了一次他炒股票是否還順利，程含想，這時候應該說了，便回答：「做了一些買賣，不算太壞，有賺的有賠的，一個感覺就是訊息不夠。要是我有更有用的訊息的話應該能賺更多。」程含這麼說，是想看陸秋會不會主動提出要給他提供訊息，但陸秋只是說所有的訊息都在網上，他上網去查不管是公司資料還是交易歷史都能找到，說著就轉移到別的話題上去了。錯過了這個時機，程含感到這一晚怕是很難再提這事了。程含不禁又焦急地想，陸秋是真的對他有意思嗎？怎麼她看不出他的需要呢？

吃完飯程含說他買單，但陸秋說分開算，程含也沒堅持。出了餐廳，陸秋帶程含到附近的一個夜市。這個夜市就擺在辦公樓群下面的街道上，一攤攤賣東西的在街道上鋪成一條直線。要是白天，這條街上走著的肯定都是腳步匆匆的白領，但這時氣氛沒那麼緊張，穿著便服的男女走走停停，這攤那攤地看，攤主叫賣和招客的聲音混在哪一攤賣磁帶的用三用機放的音樂聲裡，使街道顯得鬆散無序。程含對這個夜市不怎麼感興趣，夜市上在賣什麼耳機，髮卡，撲克，都是五塊錢十塊錢的東西，對一筆買賣幾千賺賠的他來說，這麼便宜的東西是不值得留意的。但陸秋看來頗為中意這樣的夜市，一攤一攤饒有興趣地看過去。有一攤賣首飾的，陸秋在那裡注意到一個墜子，撿起來給程含看，問他好看嗎，程含一看標價，才二十塊錢，二話不說掏出錢遞給攤主買下來。陸秋笑說，我只是問你好不好看，沒說要你買啊。程含說沒事，二十塊錢的小東西，送給你了，你幫了我這麼多忙，也該謝謝你。陸秋出聲笑了一陣。這時有一輛小車，也不管街上很擠，往人群裡面開進來，路人紛紛往兩邊退讓。陸秋挽住程含的胳膊也往路邊讓，直到車過去。因為擠在一起，程含明顯地感到陸秋的胸部壓在他的胳膊上。

逛完夜市兩人就各自回家了。只是這天晚上睡覺時，程含做夢又夢到陸秋，夢見他和陸秋抱在一起，恍惚地不知在做什麼，然後就在一陣釋放的情緒中醒來。這時還是半夜兩、三點鐘，醒來後程含感覺底褲濕漉漉的，開了燈，脫下底褲一看，上面沾了一片帶腥味的液體。程含也沒多想什麼，去衛生間洗了洗身體，換了底褲，上床又繼續睡。但到了第二天開市時，程含發現他無法集中在交易軟件的報價上，思緒一直回到昨晚和陸秋逛街的情景，還有那個陰濕的夢裡。一筆交易都沒有做的一天過去，程含明白了，現在他有比炒股票賺錢更緊要的事要做。他想，這個陸秋有比給他洩露訊息更重要的功能。他要用陸秋結束他的處男身。在做這件事之前，他已經沒有心思做別的事了。以往程含對兩性的東西算不上太關心，只是在大學時和室友一起看過幾段打碼的毛片，雖然器官交接的部位看不清楚，但他對那件事怎麼做也知道得八九不離十了。他想他必須再把陸秋請到家裡來一次，然後管他三七二十一，先抱住她幹了再說，把他兩腿間的東西插到陸秋那裡面一泄而快。這幾乎是這時程含腦中唯一能想到的事。

程含又猶豫了兩天，在要做和不做之間拿不定主意，直到第三天，他才下了決心，給陸秋打電話。他說他有話想跟陸秋講，讓她到家裡來一趟，陸秋問什麼事，他就說來了再告訴她。陸秋於是答應下班後到他這裡來。程含在家裡坐立不安地等了一天，到了八點多的時候，門鈴響了，他過去開門。陸秋進來，笑說，什麼事那麼神祕。陸秋穿著便服，上身牛仔布的夾克，裡面是圓領衫，下身一件及膝的神色的裙子，腳上是平跟的皮鞋。程含看向她，說了個我字，便發不出聲了。他意識到這是因為他正對陸秋的緣故。他要是這樣撲上去，陸秋肯定往後一閃就躲掉了。所以他繞到陸秋的側面，定了定神，猛地一轉身，從旁邊抱住陸秋。陸秋果然沒能閃開，被他抱住，啊地驚叫了一聲。從側面被抱住，陸秋一手動不了，只用另一手想掰開程含抱住她的手臂，同時說：「放開啦，你知道自己在做什麼嗎？」程含說：「知道，我就是想抱你。姐姐你就乖乖地讓我抱抱吧，我答應以後一定對你好，我會賺很多很多錢，全部都給你，你讓我抱抱。」這些話程含事前一點也沒想過，只是這會兒一股熱氣往頭上沖，他忽然什麼話都有了，張口就亂說起來。他一邊抱著陸秋，一邊還把她往臥室裡推，想把她放倒在床上。已經被程含推到床邊上了，陸秋忽然換了個口氣說：「你別這樣勉強我。我今天經期，不能和你做那個。真的。你放開我，我可以幫你做點我能做的。」

程含一聽感覺這話有道理，遲疑了一下，把手放開了。陸秋把程含推開一步，抬起胳膊彎了彎，皺眉頭說：「好疼。你怎麼能對女生這麼粗暴呢？」程含站著不說話，只等著看陸秋說的她能做的是什麼。陸秋指了一下床，仿佛醫生一般指示說：「把褲子脫了，在這邊坐下。」程含就照做了，脫掉牛仔褲。陸秋說：「底褲也脫了啊。」程含這時忽然感到有點不好意思，猶豫了一下，才把底褲脫掉，露出那話兒。那話兒剛才程含抱著陸秋時已腫脹起來，這時還沒縮退，斜斜地半垂著。他在床沿上坐下，陸秋就跪到他面前，正對著他兩腿之間，然後伸手挽住那根棒子撫弄起來。程含這時也不理會別的了，張開了腿伸著那東西任陸秋擺弄。陸秋一邊撫弄一邊還跟程含說話，說：「你這樣的男孩我以前也遇到過。年紀小，精力旺，容易衝動。不過這也不是完全是壞事。有欲望就要表現出來，這比不聲不響憋在裡面好。欲望憋在身體裡，會把身體憋壞的。看你這樣，你們這年紀的男生常有的看毛片打飛機，你可能也不會。我今天幫你處理了，下回你可以自己試著做做。當然也不要太頻繁，你主要的精力還是要放在做你的股票上面嘛。」程含抬頭看著天花板，陸秋這些話也不是很入他的耳，他半聽不聽的，主要還是留意著陸秋的手對他那話兒的刺激。忽然間隨著一陣快意，程含感到他那話兒猛地一緊，一看只見從尖頭流了白色的液體出來。陸秋見了往左右看了看，說：「你紙放哪兒了？」程含說：「哪有準備紙，用這個擦吧。」說著撿起剛才脫下的底褲扔給陸秋，陸秋就用底褲幫他擦了。

陸秋到衛生間洗了手，沒再多說什麼，對程含說了一句「晚上早點睡」就走了。程含到衛生間沖了個澡，對剛才經歷的事也沒什麼特別感覺。他感到有點新鮮，他長這麼大還是第一次有人這樣擺弄他的生殖器，但除了這點新鮮，他說不上來還有別的什麼感覺。既沒感到賺了什麼，也沒感到虧了什麼，好像這是像吃飯上廁所般做過就忘的事。直到幾天後，這天收了市，他下樓去買點零食，從一個小巷穿過去。這個小巷有一間洗頭房，外面擺著的牌子上寫著洗頭按摩，但很顯然簾內燈光昏暗的店裡有提供別的特殊服務。程含從這家洗頭房經過，洗頭房門外坐著一名女性，二十出頭的樣子，畫著濃妝，見到程含看她，就沖他一笑。程含想他要解決那問題，還需要花錢上這裡嗎？打個電話叫陸秋來不就行了。是這時程含忽然意識到陸秋給了他什麼。陸秋給了他一個承諾，就是他如果有欲望，一定能得到解決。而這幾天在股市裡有點收穫，賬上增加了幾千塊，又讓他浮想了一些別的。他回想了一下他來到深圳這一個月的經歷，忽然發覺這個城市就像陸秋一樣，給了他一個巨大的承諾。這個城市告訴他，他的欲望，不管是什麼，一定能在裡得到滿足。假如沒有陸秋，只要他在這城市裡，就一定還會遇到跟陸秋一樣的人。就算暫時沒遇到，不是還有洗頭房門外坐著的小姐在等著他嗎？猛然之間程含有個令他激動的發現。這個城市喜歡他。這個城市喜歡他不是因為他有錢有地位，而僅僅是因為他有夢想有欲望。這個城市準備了很多東西，只等他把他的夢想和欲望拿出來交換。在來深圳之前，他對自己的目的還有點保留，覺得自己本來和那個地方沒關係，突然就跑到人家的地方要這個要那個大概不大好。但現在他確信了，這個城市已經為他準備好了，他不必去考慮後果，只管要要要就對了。

有了第一次，很快程含就又想要了。一星期後程含打電話給陸秋，說他想要，陸秋就過來，還是用手幫他處理了。接著的幾個星期，陸秋幾乎每星期都會來幫他處理一次。她也不是每次程含喊她她都會來。有段時間程含要得急，隔了兩、三天就又想要，陸秋就不肯來，好像她對他那事心裡已經有個規劃似的。程含只得忍著，繼續保持一星期一次的頻度。他也試過自己用手處理，但比起陸秋的手感覺差太多，他試過一次就不想再試了。其實程含不想陸秋只是用手幫他處理，他還想和陸秋親親抱抱，最好能像毛片裡那樣把那話兒往陸秋那洞裡插進去試試，但不知什麼原因，陸秋怎麼也不願意把那裡給他，總是用經期，身體不舒服做藉口。程含想不明白，陸秋手也用上了，嘴也用上了，還在乎把那裡拿出來嗎？他不禁不快地想，陸秋該不會是有什麼病吧。她見的人多，那裡染上病也不是不可能的。不過總的說來，程含對陸秋能一星期來幫他處理一次性欲還是滿意的，畢竟這是白乾的，陸秋為他做這些什麼也沒向他要。她連飯也沒讓程含請過她一次。這時候程含請她出來吃飯，買單的時候陸秋總是不肯讓他買，堅持要分開付。

除了來他住處幫他處理性欲，這段時間程含一星期也總會在外面見陸秋一、兩次。兩人一起吃飯、逛街、看電影、打保齡球，在酒吧劃拳、在電動廳開賽車，把深圳為他們提供的活動場所都用上了。入了冬程含要買新衣服，陸秋也陪他去買。陸秋好像很享受和他在一起的時間，在他身邊總是顯得很快樂。兩人就好像在約會交往一般。程含並不覺得陸秋是在玩弄他的感情什麼的，根據他所看到的，陸秋除了他也不像有在和第二個人這樣交往。兩人一起出來的時候，陸秋偶爾接一接手機，都是談公事。但除了買單都分開買之外，還有什麼東西讓他覺得他和陸秋不是在往戀愛的方向發展。遊玩中間空閒時陸秋也向程含透露過一點她自己的事。陸秋說她是出身在一個農村家庭，家裡窮，她初中畢業後，她父母把她賣到一個戲團裡。她還真的在戲團裡學了三個月戲。說到這裡時，兩人正走在夜晚的一條小道上，陸秋就當下給程含表演了一段，把便道當戲臺，挽起手勢轉起圈來。在另一次約會時，她又接著上回繼續說，說到那時她遇到一個人，她跟他說她不喜歡唱戲，那個人就拿出錢把她從戲團裡贖出來，又介紹她到證券公司工作。陸秋說那個人算是她的「恩人」，有了他才有今天的她。程含問那個人是不是在深圳，陸秋搖頭說不是，說那個人在上海，她第一份證券公司的工作也是在上海，她在那裡做了幾年才來到深圳。自從來到深圳後她就沒再和那人聯繫過，算來也有四五年了。

程含回去把陸秋說的東西前後一想，好像領悟到了什麼，不禁覺得輕蔑起來。那個什麼「恩人」，聽起來不過就是一個無恥之徒，乘人之危把人家買了玩弄了幾年，最後不要人家了，就扔到一邊不再搭理。陸秋經歷的應該差不多就是這麼個下流故事。他又想，要這麼說來陸秋對他一直不明顯的企圖就好理解了。她快三十了，和「恩人」的感情沒有結果，自己孤獨一人，社會上混得也算不上多好，所以想找個依靠也很正常。陸秋應該知道他的能力。他在她公司開的賬戶，她應該能看到賬戶上的增減，知道他賺錢的水平不錯。陸秋對他好，肯定和這個有關係。雖然他現在沒什麼財產讓她貪圖的，她一定是看到他長遠的價值。想到這里程含不以為然地想，她要有那個意思，留她在身邊也無妨。本來他在女人方面也不算有多大興趣，有一個解決性欲就夠了，何況她手上的工夫又不錯。這也不算是占她便宜對不起她，將來等他發了大財，如她所願用錢十倍地彌補她，這就行了吧。他一算他來深圳後兩三個月，賬戶上的錢由十萬變成十二萬，再慢一年就能翻倍。這樣算來他幾年就可以賺到上百萬。他還怕有什麼是他還不起的嗎？

炒股票的人帳上的錢漲的時候是一個想法，跌的的時候又是一個想法。確實程含在到深圳後的前三個月裡賺了一點，但是從第四個月起他的方法忽然不靈了。不管是什麼平均線穿平均線，還是什麼動量指標，所有程含這裡那裡撿來的方法都沒辦法讓他再買到升值的股票。他一開始還自我安慰把這當做是個暫時的異常現象，直到一連五天他買的所有股票都是跌的，他才慌起來。他忽然領悟過來，他來深圳前三個月股市大盤漲了百分之三十，也就是說隨便他怎麼買，大致總是能賺到百分之三十，而現在大盤每天跌兩三個百分點，隨便買什麼都是跌。他的錢是在跟著大盤漲落，他並沒有什麼能力能讓他在大盤漲的時候比別人賺到更多，或者在大盤跌的時候讓他比別人虧得更少。領悟了這一點，他倒沒有怎麼在意之前對自己能力的錯誤判斷，只是很快地想到，炒股票要比別人賺得多，還真是要有別人沒有的手段，比如一個內幕消息的來源。他又想到靠陸秋向他透露內幕消息這條路上了。忽然間前兩天他還一股勁地在想的將來賺了錢要怎麼回報陸秋的事，這時完全沒有影了，陸秋對他又變成了一個實用價值的主體。

他約了陸秋出來。兩個人在一家咖啡屋見了，陸秋問他這兩天的買賣怎樣，他就苦著臉說一直在虧。他問陸秋，這大盤還要跌到什麼時候。陸秋說她聽到人說大盤還會再繼續跌，雖然不會到股災的程度，但至少要去掉三、四成價值。程含就說：「你既然有這消息，為什麼不早點告訴我，我就小心點，至少這兩天還能少虧點。」陸秋說：「大盤這樣跌，我想你應該自己能看出來吧。」程含說：「好姐姐，你要是有什麼內幕消息，比如有什麼大戶準備炒作哪支股票，也告訴我一點嘛。有了你的消息，就算大盤在跌，我也應該有辦法賺錢的。」陸秋面無表情地說：「我沒有那樣的消息。」程含一愣，有點不相信陸秋會拒絕得這麼乾脆，然後又說：「騙人，你肯定有。姐姐，我這麼說不是為了我自己，我是為了我們兩人的未來啊。我要是賺了錢，你不是也有好處嗎？」陸秋說：「我聽不懂你在說什麼。」程含越發慌張起來，只覺得今天陸秋對他的反應完全不符合他的預期。他也沒別的辦法，只有繼續說下去：「我賺的錢，將來肯定都是你的，你不是預料到這一點才對我好，為我做這做那的嗎？」陸秋冷笑了一聲說：「看來你對我是有什麼誤會。我對你好，是我樂意，我願意幫你做那些事。我就是想你一個人到這裡來無親無故，我能幫你做的就儘量幫一點。我從來沒有指望你會回報我什麼，以前沒有，以後也不會有。你要是能賺錢，全都是你自己的，一分不要給我。」程含說：「我才不信呢，這世上會有人無端端地對另一個人好？會有人一點回報不求地幫另一個人？你肯定有圖什麼。」陸秋說：「為什麼會沒有？以前就有人無端端地對我好，一點回報不求地幫過我。」

程含聽了愣了片刻，忽然冒出一個惡劣的想法，笑了一聲說：「我知道了，是不是你那個恩人最後沒和你上床？」陸秋臉色霎時變得很難看，她用發怒的眼神盯著程含看了兩秒鐘，站起來說：「我看我們也沒什麼可說的了。」隨即就轉身往咖啡廳門口走出去。

程含一個人在外面的街道走了走，他感覺自己說的有些不妥，拿起手機打了一個電話給陸秋，想解釋一下。但陸秋沒有接，手機響了十幾聲訊號音自己掛斷了。程含也沒有勇氣再打一個。程含就走到一個他和陸秋去過的遊戲廳，在那裡開了一晚上賽車。十一、二點回住處睡覺，第二天醒來時已經過了股市開市時間，他也沒有興致開交易軟件看價位。他才剛剛認定自己沒有炒股票的才能。所以他開電腦打遊戲，打了一天。到了晚上他又給陸秋打電話，但陸秋還是不接。他愣著坐了一會兒，穿了衣服下樓吃飯。樓下開著小吃店商店的街道，按說他來了三個月已經看慣了，但這時他在街上一走，卻覺得很陌生。他知道差別在哪裡。之前他想這個城市是喜歡他歡迎他的，但現在他不能這麼想了。現在他走在這街上，沒有目的，也沒有人歡迎他。這中間的差別只是一個陸秋。在同一個位置上有兩個迥異的城市，一個城市溫馨而給他鼓勵，另一個城市冷漠而充滿敵意，兩個的城市之間差的只是一個人。陸秋是他進歡迎他的深圳的入口。不，甚至可以說陸秋就是深圳。現在陸秋拒絕他，整個深圳也像在一起拒絕他。這麼想來有點不可思議，程含也不願承認陸秋能給他這樣的影響，她不就是一個小小的證券公司的客戶經理嗎？但他想來想去想了兩、三天，竟想不到一點辦法擺脫此刻的困境。他想回到之前那個能不顧一切要要的自己，再次去感受世界的好，但恒固的悲觀絕望就像被一隻手按在他腦中一般怎麼也無法驅走。他最後認定的一點，是沒有陸秋的他現在只能離開深圳。這時他忽然像發現了一條新的出口一般，帶著驚喜想到，是啊，他為什麼非要呆在深圳呢？炒股票不是只要有一台能上網電腦，在哪裡都能炒嗎？他可以用他的錢到處去，住條件好一點能讓電腦上網的酒店，一邊遊玩一邊繼續他的股票生意。想到這點，他就興沖沖地整理了行李箱，塞了幾件必要的衣服和電腦進去，拖著就到車站買票去了。

程含這趟旅行路線大致是這樣的。他先往北走，到了東莞、廣東，然後沿著海岸線再往北，到了汕頭、廈門，然後又往回走，南下到海南，從海南又去了廣西的玉林、桂林。每到一個地方他就找個旅館住下，呆幾天，車站旅館附近轉轉。這些城市他不過是聽說過名字，有點模糊的印象，到了後具體可以到哪裡玩他也不知道。當然他也沒結交什麼人，和他說話最多的就是接待他開房的旅館服務員。這樣盲目地逛蕩了不到兩星期他就後悔了，他覺得這樣的旅行很沒意思，遠沒有在深圳有陸秋在時的生活有意思。一個人躺在旅館房間的床上，和陸秋在一起的那些回憶，陸秋說過的話，說話時出現過的表情，總是清晰地浮現起來。打開電腦做股票交易時，又會想起陸秋帶他去證券公司開戶的情形。尤其是他試著自己用手解決欲望的時候，總回想起陸秋的手指和舌頭的觸感，然後覺得自己的手無比笨拙。他簡直不知道該拿這思念怎麼辦。本來他以為離開深圳就可以忘記陸秋，忘記和她一起在深圳經歷的一切，但是已經走了這麼遠了，他的思緒還牽掛在陸秋那裡。他忽然有個深刻的認識，陸秋的存在是沒有地點的，不管他在哪裡，陸秋可以通過他的記憶在他身邊現形。越是換了地點，陸秋的沒有地點就越顯得真實可怕。程含開始明白和他打交道的絕不只是一個普通的公司小職員。他本來還不甘心承認，直往天涯海角走，一直來到廣西和越南交界的地方，從一個籬笆翻過去就能出國界了，他才發覺不回去是不行的。一回頭，他心中就燃起了希望，覺得他和陸秋並不是到了無法挽回的地步，都過了這麼久了，陸秋有什麼氣應該也消了，只要他回去解釋、說情，陸秋應該也不是那麼冷酷無情的。他安慰地想，是的，只要他回去，還可以見到陸秋，甚至再借助陸秋的內幕消息來發達都還是有可能的，只要他做點什麼，一切都還可以挽回。

回到深圳，在以前住過的旅館訂了房間後，程含就打電話給陸秋。因為他這趟旅行前換了電話卡，所以陸秋也不知道是他打來的，他報了姓名，陸秋才驚訝地說：「怎麼你現在才給我打電話，你去了哪兒了？老黃說他差不多有一個月找不到你了，說你不在住處，這個月的房租也沒交。我給你打了幾個電話都打不通，你是不是換了電話卡了？」聽陸秋的聲音，好像她完全不知道她讓程含經歷了怎樣的折磨，程含感到複雜的情緒，一時也不知怎麼表達，想了一下，只是問她說能不能出來見一面，說有話想和她說。陸秋答應了，約定五點左右在證券公司附近一家咖啡屋見。打了這個電話後，程含一個人在房間裡坐了許久，最後打定主意，這次見陸秋，只問她一個問題，其他都不要說了。五點左右程含來到那家咖啡屋，陸秋已經在裡面等他了。陸秋這天紮著一束馬尾，穿著上班用的白襯衫和制服裙。程含坐下後，陸秋就問他：

「你去了哪裡了，我很擔心你。」程含斟酌了片刻，看向陸秋，說：「我本來想離開深圳，走了很遠我才發現走不了。我必須再回來見你一次，為了問你一個問題。你對我做了什麼？」陸秋露出不解的表情說：「我對你做了什麼？我沒對你做什麼啊，我只是看你一個人在這人生地不熟的地方，稍微照顧你一下。」程含說：「你做這些是不是為了讓我不能離開深圳？像讓我陷在一個陷阱裡一般被困在這個地方？」陸秋看程含這時的神態不對，好像也重新考慮了一下，換了一個語氣說：「深圳是一個自由的地方，沒人限制你來，也沒人限制你走。我之前對你有過一點期望，但這是我對我所有客戶都有的期望。在深圳有很多白手起家的故事，很多像你這樣的年輕人，在深圳呆了沒幾年就賺到很大一筆身家。我怎麼知道你不會是其中一個呢？但說回來，這種發家的故事也不是會發生在每個人身上。也許深圳的確不適合你。要是那樣，我也不會留你。」

接著兩人沉默了一會兒，程含正在考慮的時候，陸秋忽然又說了：「可能你最近這段時間虧了不少，一時鬥志受挫，但你要是對證券交易還存著一點興趣，我可以介紹你到證券公司做點事，等你多學一點後再重新開始。你看怎麼樣？」程含聽了意外地看向陸秋，這是他沒料到的收穫。是啊，要不然就到證券公司工作，真的學一點證券相關的知識再出來炒股票，這不是很合理嗎？程含可以看出來，這幾乎是他人生的一個重要轉機了。但同時他又看到，如果他接受陸秋給他指的這條路，他也許真的永久地不能離開深圳了。而這也許才是陸秋真正的企圖。

這樣前後一想，程含在一瞬間好像跳出了這個圈子領悟到了什麼。他看向陸秋說：「我也有個建議，要不然你跟我回老家吧。我們結婚，生兩個孩子，在鎮上開個小店，過個不富足也不求人的生活。你看怎麼樣？我猜想你或許對這個城市心底早已有厭惡的感覺，只是被什麼困著走不出去而已。」陸秋笑了一下說：「你想得太多了。我在深圳呆得很好，沒有你說的那種感覺。深圳是我的城市。我在這裡能感到這裡的街道，樓房，路燈，樹木，汽車，甚至是空氣，都是向著我的。我想不到我除了在這裡還會想去什麼別的地方。」

這是程含最後一次見到陸秋。他還是無法真正明白陸秋對他做了什麼。接下來的幾年裡，他去了很多地方，都只是為了擺脫深圳。這個深圳不是中國南邊在廣州香港之間的那個深圳，而是和陸秋一起浮在空氣裡的那個深圳。當他回到華北平原上那個二線城市的老家時，他發現家已經不像家了。家本來該是他容身的地方，但他身在家裡，卻感覺不到他已經回家了。他父母有閒錢給他花，但他不想花錢，不想玩，因為他人和身體不在一處。眼睛看著一樣東西，想的卻始終是另一個地方的事，這樣的他無法談什麼玩樂。每次夜裡要睡去時，他想起深圳，想著要回去給陸秋道歉，然後讓陸秋給他在深圳安排個位子讓他呆下來，心裡就會湧起使他無法入睡的不安。後來他認定了，為了不按他的想法回到深圳，他必須去更遠的地方。於是接著的幾年，他通過這樣那樣的門路，到了莫斯科、到了曼谷、到了開普敦、到了費城，在每個地方他都試著去加入新的社區，接受新的文化，結交新的朋友，但沒有一個地方能夠讓他感到他已經真正離開了深圳。有時躺在床上閉上眼睛，他感到陸秋還是離他那麼近，深圳還是離他那麼近，他呼出來的氣都好像還有深圳的氣味。他始終都不願承認，但很明顯的是，通過改變地點來擺脫沒有地點的東西是徒勞無功的。

接受這個現實的時候程含人在洛杉磯，他不想再去別的地方，就在那裡定居下來。他有一個認識的伯父在洛杉磯開餐館，程含在他的餐館裡打了幾年工，接著自己開了一家連鎖餐廳，當上了店老闆，生意也上了軌道。算起來這時離他去深圳那時已經過去十二三年了，但是他還是沒有感覺自己已經完全離開了深圳。他開始覺得自己大概永遠無法徹底擺脫深圳了。

這天程含去參加一個朋友的婚禮，一夥人吃飯喝酒，結束時已經夜裡一點多了。程含一個人開車從酒吧回家，接近一個路口的時候，路口旁邊有一個公車站，公車站上有個人朝他揮手，是一個穿裙子的女性，像是個華人。程含在公車站邊停下車，放下車窗，那女生就迎上來用中文跟他說：「我錯過末班車了，也等不到的士，能麻煩你載我回家嗎？」程含就開車門讓她上來。問清了住址，輸入手機的導航軟件，程含就往前開動。那女孩用輕鬆下來的口氣說：「還好能碰上一個中國人。你來之前還有兩輛車經過，我一看開車的是黑人，都不敢攔。」程含側眼看了她一眼，女孩大概也就二十歲出頭，頭髮是及肩的沒有染過的半長髮，穿著的襯衣裙子都還是國內的風格，看來沒來美國多久。程含就問她是不是學生。女孩說是，說她前三個月都在上語言班，從這個月開始到大學裡上學。程含問她老家是哪的，女孩說了一個內地城市的名字。問她有沒有親戚朋友在這裡，女孩說沒有親戚，只有一個一起從國內出來的朋友。女孩問程含在美國多久了，程含回答說有十年了。女孩驚訝說這麼久。女孩家不遠，開了十五分鐘就到了她家門口。她看來是和人合租了一套平房。下車時女孩向程含要手機號，說改天請他吃飯答謝他，程含留給她說吃飯倒不用，有什麼事需要幫忙可以找他。女孩接著也把她的手機號給程含，說她叫倩倩。

倩倩打電話過來是三天後的週末，她說想請程含喝咖啡，程含這天正好也沒什麼事，就答應了。倩倩選了她家附近一棟商場的一家咖啡屋，程含開車過去，進了咖啡屋，見倩倩已經在裡面等他了。程含過去坐下，對迎上來的服務員說要一杯奶茶。服務員一走開，倩倩就說：「我真的有一件事想讓你幫忙。」程含說：「你儘管說。」倩倩便開始描述，說和她一起從國內出來的是她的男朋友，她男朋友也不知買了什麼，向人借了一筆錢。他自己還不上，就要倩倩幫忙。這時倩倩家裡剛剛從國內把她這學期的學費給她匯了出來，她就拿這筆錢去給男朋友還債。一開始說了只是借的，她男朋友有錢了就會還她，但現在學校學費截交的日期到了，她男朋友還沒把錢還她。如果下周她不把學費交了，就會被學校開除，然後被遣送回國。她說她真的不想這次來美國是這種結局。程含聽明白了，就問她她的學費是多少。倩倩說差不多兩萬美元。程含想了一下他錢包裡有多少錢，然後說，你在這等一下，我到外面取款機取錢。說著他就走出咖啡屋，在商場裡一個取款機取了兩萬美元。然後他回到咖啡屋，走到倩倩身邊，把錢塞進她隨身的提包裡，說，小心點，別讓別人看見。倩倩低頭在提包裡點了一下，然後看向程含，用不相信的神情說：「你就這麼借給我了？」程含說：「是啊，你拿去交學費吧。」倩倩說：「我跟你不過剛剛認識，你為什麼要這樣幫我？你圖的是什麼？是不是想有一天我會陪你上床？」程含笑了一下說：「你小小年紀，不要動不動就說什麼上床上床的。放心，我什麼都不圖。你跟誰上床都別找我。我只是看你在外面無親無故的，能幫你就幫你一下。你之後有錢還我就是了。」倩倩還是不滿意，說：「我不信。這世上哪有人會無端端的對別人好，什麼也不圖地幫別人？你肯定有圖什麼。」聽到這句似曾相似的話，程含不禁感到一陣恍惚，好像換了一個時空。他呆了幾秒鐘才一笑說：「為什麼會沒有？以前就有人無端端地對我好，什麼也不圖地幫過我。」倩倩低頭沉默了片刻，站起來一低頭說：「那我就謝謝你了。」說著就往咖啡屋外走，但走了幾步又退回來說了一句：「我一定會還你。」然後才真的頭也不回地走了出去。

從咖啡屋門口看出去可以看到商場的大廳。大廳的屋頂是玻璃的，四層樓高的玻璃屋頂上正透下來夏末的陽光。程含感覺他好像在一個隧道裡走了很久剛走出來，第一次看到陽光似的。他意識到他終於發現了離開深圳的方法。以前他東南西北地走，想要擺脫深圳，原來那是錯的。陸秋的深圳的出口在東南西北都沒有。是在為這個叫倩倩的女孩做了這件事之後，十幾年來他第一次感到他已經真正離開了深圳。同時間他也明白了陸秋所做的一切，為什麼她要幫他，為什麼她只肯單方面地用手幫他解決性欲，不肯和他對等地陰陽交流。一切都真相大白了。程含感到從未有過的釋然。現在輪到這個叫倩倩的女孩離開這座城市了。程含把她帶進了洛杉磯，現在倩倩需要去想，去尋找一條路離開洛杉磯，而且她會發現費了很多力氣都是無用的。如果她夠聰明，有毅力，能堅持，也許有一天她會發現離開的方法。

二零一八年二月於京都

西格瑪城

尚楊從一七七號樓六層的過道一頭走到另一頭。對面的一七六號樓樓身是綠白兩色，過道的外壁是綠色，過道裡面住宅的牆壁是白色，因此遠遠的一看呈現出綠白相交的條紋。尚楊在的一七七號樓是橙白兩色，剛才尚楊還在樓下時確認過了，因此他知道要是從對面一七六號樓看過來，也能看到橙白相交的條紋。從走道一頭走到另一頭，尚楊經過六戶人家的門口，每一戶人家都安了兩扇門，外面一扇鐵格子門，裡面一扇褐色的木門。過道非常乾淨，水泥地面上看不到一件可以叫出名字的雜物，沒有一張廢紙，一片枯葉。特別是在門外沒有任何擺設，沒有鞋架或地巾，冷清的好像門裡面沒有人住似的。但尚楊從開著的窗戶經過的時候，聽到屋裡面有說話聲，確實是有人住的。配合著乾淨的過道，那說話聲也顯得沒有力量，不占空間，好像在說悄悄話一般。一直走到過道的盡頭，尚楊才看到與這環境不協調的異物，是過道轉入樓梯間的牆角的一灘水。這灘水以牆角為出發點展開，在地上大致顯出一個扇形，因為倒映著天花板的陰影，所以是暗色的。因為有一灘水在這裡，整個鋼筋水泥建築的樓房，也顯得不是那麼棱角分明瞭。這灘水在這裡的緣由令人費解，這一兩天沒有下過雨，這個轉角附近也沒看到可能漏水的水管。也許有人不久前在這裡有過運輸水的活動，把裝著水的水桶在樓層間搬上搬下，一不小心打翻了一桶，留下一灘水在這裡。至於是什麼人出於什麼目的在樓層間搬水，那已超出尚楊能想像的範圍了。

可能是口渴的緣故，走到一樓時，尚楊想找一家小賣部買一瓶水。尚楊印象中這樣的住宅樓走到樓下，總會有一家賣零食雜貨的小店，對著挨著樓房的馬路開著，兩、三台冰箱裡有各式各樣的汽水、牛奶、果汁，貨櫃上有餅乾、薯片、麵包、即溶咖啡。但尚楊沒看到有這樣一家小賣部，一層和其他幾層一樣，都只有一排閉著的門。代替小賣部的，是一個音樂聲，一個節奏很清晰的電子舞曲，從樓房的另一側傳過來。尚楊順著音樂聲從樓房的角落繞過去，在一七七和一七八號樓之間的一塊籃球場大小的空地上，站著二十來個人，正跟著音樂比著動作。音樂是從空地一側一個播放機上傳出來的。尚楊站在一旁看了一會兒，二十來人中約有七成是女性，三成是男性，年紀幾乎都在四十歲以上。除了一個人站在最前面以外，其他人比較整齊地站成方陣。他們跟著音樂做的動作，一會兒晃手，一會兒抬腿，說是舞蹈，動作未免太單調，說是做健身操，又顯得太過複雜。站在最前面穿著運動用的背心短褲的是帶操的，動作做得最標準，其他人都是跟著她做，可以看出他們試圖跟上帶操人的動作，但每個人的動作都有稍許偏差。

站在空地馬路一側的邊緣上，尚楊對著這群人看了幾分鐘，忽然有一個感覺，有一個年紀十八九歲的少女，長髮，穿著白色短袖衫，挺胸闊步，正從走道上迎著他走過來。尚楊先是沒有動靜，等了兩三秒後，才以不經意的姿態朝走道轉過頭去。他沒看到什麼少女，只看到走道上有一個老頭，年紀大約有七十了，穿著格子襯衫和黑西褲，頭上白髮稀疏，胖臉上眉頭緊皺，彎著背，兩手放在背後，一步一頓地朝他的方向走。老頭從尚楊身邊經過，朝他瞄了一眼，往走道另一頭走過去了。尚楊對自己把一個駝背老頭看成少女很感到新鮮。等老頭走過去後，尚楊也沿著走道往前走去。從一七八號樓走到一七九，一八零號樓下面，這裡到了一個有紅綠燈的十字路口。十字路口三側是住宅樓，一側有一個集市，從尚楊這一側穿過馬路就是，可以看到沿著路邊開著幾間小吃店，食客把路邊的空間坐得熙熙攘攘。在尚楊等紅綠燈的半分鐘裡，旁邊一個穿著黑襯衫的男生上來遞給他一張紙，尚楊拿起來一看，是一家速食店的宣傳單，上面說今天幾點到幾點買什麼套餐只要半價。尚楊想了想，決定去這家店看看。倒不是因為他想吃傳單上推銷的套餐，他是有點渴，但還不怎麼餓。只是他一時間也想不到有什麼別的去處，天氣這麼熱，找個地方吹吹空調也不錯。

這家連鎖速食店是本地的品牌，做得不算大，不像其他幾家高知名度的連鎖速食店做得每個商場都有一間。只是在離尚楊這時所在地不遠的商場裡就有一家。尚楊花了十幾分鐘走到那裡，進了商場，上自動扶梯到了二樓，走進處在拐角的店面裡。櫃檯前有四、五人正排著隊，尚楊加入了他們。輪到尚楊的時候，尚楊拿出那張傳單，對服務員說想要上面的第幾號套餐，又說想把上面的果汁換成可樂。服務員說不能這樣換，套餐上的飲料是定好的，這個折價套餐只能配果汁。尚楊猶豫了一會兒，最後接受了果汁。他一邊想著速食店不能把果汁換成可樂的理由，一邊端著餐盤在店裡找位子，店裡有二、三十人的座位，但這時幾乎看不到一個空位，被高矮胖瘦，年幼年長的不同客人坐得滿滿的。最後他在挨著垃圾箱的地方找到一個座位坐下。他旁邊的兩人位坐著兩位年輕的女士，都穿著像是工作裝的外衣，一個卷髮，一個短髮，也許是在附近上班的人午休過來吃午餐的。尚楊在那裡吃午餐的十幾分鐘裡，兩人的說話聲一直飄過來，尚楊也就不經意地聽了一下。但他很快迷惑起來。一開始他以為她們在聊公事，因為她們談到有一筆錢，有多少萬，要怎麼轉帳。但再聽下去，話題忽然變成其中一人和一個男人的情感問題。她們就這個男人聊了幾句之後，忽然又回到了錢的話題上。兩人這樣把錢和情感問題疊加在一起講，在一個不知情的旁觀者聽來異常複雜，尚楊最終沒弄明白她們聊的到底是什麼。他坐在那裡吃東西和聽她們說話過程中，每隔一會兒就有人走過來把餐盤上吃剩下的殘留物，空紙杯，用過的紙巾什麼的倒進垃圾桶裡。

這時尚楊的手機震動起來，他拿起來一看，是一個不認識的號碼給他打電話。接了電話後，那邊是一個年輕但很機械的女性的聲音。「您好，我們的資料顯示您最近使用我們的服務訂過機票，能不能占用您幾分鐘時間，幫我們做一個調查問卷？」本來這是不需要理睬的電話，但尚楊一時沒有別的事做，就回答了可以。對方就問了尚楊的年齡，工作，收入，婚姻情況。然後她問了尚楊所在的城市，尚楊回答：「查南。」對方愣了一下，說：「您是說安普頓嗎？」尚楊意外地應說：「是嗎？查南和安普頓是一個地方嗎？」對方說：「查南是安普頓以前的名字，不過從九十年代起就基本沒人用了。您是怎麼知道這個名字的？」這個做調查問卷的姑娘口氣失去了機械的味道，這句話講得很自然。尚楊說：「我一直以為這個地方就是叫查南。安普頓這個名字我也聽過，但沒想到兩個是一個地方。」姑娘說：「查南是一個很老的名字，跟王國時代安普頓這個地方的一個傳說有關。我是因為八十年代在安普頓出生才知道這個名字的，所以挺奇怪一個遊客怎麼能知道這個名字。」尚楊說：「可能是無意中聽到誰說過吧。」姑娘笑了一聲說：「你知道嗎？最近這個城市又開始有一個新的名字，叫西格瑪城。」尚楊說：「西格瑪城？是什麼意思？」姑娘說：「我也不知道它指代的意思，主要是一些洋人在用，可能西格瑪聽起來比較時髦吧。城市的名字是不是挺奇怪的，一會兒一會兒地在變。」尚楊說：「確實如此。」關於城市的名字的話題這樣就說完了，姑娘恢復了機械的口氣，問了尚楊幾個關於購票體驗的問題，做完了調查問卷，掛了電話。

下午尚楊找到客戶公司的負責人，是客戶公司在安普頓的總經理。那人讓尚楊叫他老黃。老黃是一個年紀在五十歲上下的中年男子，短髮裡有一些白渣，穿著一件灰色的夾克和條紋襯衣。尚楊在他辦公室和他談了一會兒，問了問事件的情況，老黃說與其這樣幹講，不如到現場看看更容易理解。兩人就出了門，尚楊搭老黃的車去現場。現場的碼頭離公司辦公室約有二十分鐘車程，路上他們走了一段鬧市街的馬路，一段高速公路。不論是在鬧市街還是在高速公路上，路兩旁都能見到密集的綠化，就好像樓房直接建在森林裡似的。開車從公司出來時兩人一直沒有說話，走上高速路時，老黃忽然提問說：「尚先生對泥土手工有沒有什麼瞭解？」尚楊對這個不知從哪裡來的問題愣了一下，說：「你是說陶瓷嗎？」老黃說：「我那個二十出頭的兒子，從去年開始，不知從哪裡來的想法，想要擺弄泥土，也不去上班，也不去上學，關在自己房間裡玩泥土。那天弄了一個東西給我看，歪歪扭扭的，碗不像碗，瓶子不像瓶子。我說你這樣的東西賣不了錢的，他說他不是為了錢，他是為了藝術。說出來簡直是笑話，三歲小孩可以玩泥土，他二十幾歲的大人了，也玩泥土，是心理年齡倒退了嗎？我不是說小孩一定要走大人的老路，但你要走有前途的路嘛，你可以去當歌手，去做手機遊戲，那都還算是有成功的可能的理想，玩泥土能玩出什麼來？所以我不大瞭解安普頓時代出生的這一代。我們那一代，十幾歲時都已經立志好將來要賺大錢，二十幾歲時每個人都在拼命找錢，所有同學朋友一見面開口閉口都是說錢，付出時間做一個東西不是為了錢那是不可想像的。所以我們才有今天嘛，安普頓才有今天嘛。不知道我兒子他的同伴是不是也是像他那樣，反正在我眼裡他是個怪異。」

兩人一會兒沒說話的時候，他們的車已經到了目的地的碼頭。尚楊接到的委託調查的信件上是這麼介紹的：「沿碼頭出現一條寬兩米長約一千五百米的材質不明的黑色色帶，伴隨有地質的變化和物理上的破壞。」車開進碼頭那條路時，尚楊往海的方向看過去，確實看到潮汐漲落的地方隱隱有一條黑線。除此之外碼頭上看起來很自然，在藍黑色海水的背景前，三條大約二十米長的木質棧橋往海中伸進去，幾艘靠著棧橋停著的小型輪船隨著潮汐微微起伏，棧橋兩旁是長著灌木的沙灘，天上盤旋的海鳥不時發出尖銳的叫聲。尚楊和老黃從車上下來，一邊走老黃一邊介紹說：「那墨蹟是三天前的傍晚時候出現的。單是墨蹟倒還不是問題，主要是那個破壞力。那時一艘停在墨蹟經過的地方的漁船斷成了兩截，這個比較可怕。附近的船主這幾天都惶惶不安的。」老黃帶著尚楊從棧橋上走過去，大約離起點處五米的地方，棧橋缺了一塊，好像有人在那裡鋸下木板拿走了似的。從那裡看下去，下面的淺淺的海水底下可以看到明顯的一條暗色。往左右看看，這條暗色就像委託信上介紹的，超過一公里長，另外兩條棧橋在色帶經過的地方也都缺了約兩米寬的一塊。不用說在墨蹟出現之前這幾條棧橋是完整的，沒有這些缺口的。

墨蹟不是一條直線，而是隨著海灘的弧度彎曲著，好像是由海水推上來的似的。尚楊從棧橋上下來，沿著海灘走了一段，在一處淺的地方，他朝色帶走過去，在潮水碰到他的皮鞋之前，他剛好能觸摸到那墨蹟。他用手指捏取了一點沾著墨蹟的沙子放到眼前看了看，放到鼻子下聞了聞，無味，不是哪裡洩漏的石油。他又搓了搓沙子，他手指感到潮濕，但墨色不會染到他手指上，好像已經被沙子完全吸收進去了。尚楊用另一手從上衣口袋裡掏出一個可封口的塑膠袋，把黑色的沙子放進去，封好。然後他轉身問老黃，那艘斷掉的船在哪裡，老黃說還在沙灘邊擱著呢，說著就帶他往前走去。不久走到那艘船的殘骸所在的灌木叢邊上，尚楊一看，這本來應該是條約五米長的小漁船，有棚子，船身是木質的，棚子則是鐵皮的，從離船尾一米半的地方斷開，短的那截包含一米半的船身，半米的棚子，船身和棚子的表面是和長的那截不同的黑色。尚楊用指甲摳了摳船身上的黑色，但果然摳不起來，聞了聞，也沒有異味。再看船的截面，分斷得相當乾淨，像是一把極銳利的刀切開的一樣，鐵皮和木板分斷處都沒有一點凹凸不平或者起毛邊的地方。從船身截面處可以看到，墨蹟只是滲透進木板約三釐米，三釐米往下還是木板的原色。尚楊在觀察著的時候，老黃就站在一旁介紹：「發現的時候前半截是浮著的，船頭還拴在船墩上面，有墨蹟的後半截就完全陷入沙子裡面了，幾個人用力拉才把它拉出來。」尚楊掏出一把小刀，從船身切下染有墨蹟的一小塊木塊，放進另一個塑膠袋裡。然後他就往回走，跟老黃說把他送到最近的地鐵站就行。老黃一邊和他往停車的地方一邊說：「主要是附近的漁民害怕，不知道這樣的怪事會不會又突然來一次。不然本來也不需要你這樣的專家特地跑過來。過幾天看沒事了，把棧橋修一修，大家還是照樣出海打漁，畢竟錢還是要賺的。我管理這個碼頭有差不多二十年了，第一次見到這種事，我不信這是什麼會經常發生的。」

最近一個地鐵站離碼頭只有十分鐘的車程。老黃把尚楊放在一個商場的入口處，地鐵站就在商場的地下二層。這是由一家家小店組成複合式的商場，有賣衣服的，賣小吃的，賣雜貨的，這天不是週末也不是假日，但商場裡人還是很多，幾乎沒有一個店面門口看不到人。不知為何這座城裡有這麼多這個時間不用上班又有錢消費的人。地鐵站口外有一塊資訊板，畫著本城地鐵的線路。尚楊看了看，這座城裡一共有四條地鐵線路，用四種不同顏色畫在資訊板上。其中一條橫貫東西的線路和一條環繞著市中心的線路顯然是最先建好的，另外兩條比較短，從環狀線往角落延伸出去的無疑是後來加上去的。地鐵這東西，修好了就很難改，只能再往上加。他想起之前看過的安普頓的地圖，整個城市是在一個島上，和臨近的城市只有橋樑連接。因此畫在這個資訊板上的應該就是城裡全部的軌道交通系統。檢票口旁邊的執勤台小窗上貼著一塊標示，用四種語言寫著「出售公交卡」，尚楊就過去買了一張，充了十塊錢。這不用說是進站打卡出站打卡的系統。

尚楊要去找一個叫林光的人。由於某種原因，尚楊相信這個林光有解開這個城市的謎題的答案。林光所在的地點管理員已經發到他手機上了。尚楊上了地鐵找了個位子坐下。地鐵不是很滿，沒有站著的人，坐著的人一半看著手機，其它不是垂頭睡覺就是木然地看著前方，沒有說話的人，因此車廂裡顯得很安靜。中間忽然有個人走到尚楊面前，對他說：「有表嗎？」尚楊看這男人，是中亞血統的人，黑皮膚，卷頭髮，年紀大約二十來歲，穿著一件花襯衫。尚楊不知他說的「表」是什麼，就說：「沒有。」那人聽了露出惱怒的樣子，說：「沒表你來這裡幹什麼？」說著怒氣衝衝走到車門前，到下一站時，他就跟另外兩三個人下車了。尚楊繼續坐著等到他的站。

下了車，從車站平臺的樓梯走下去，看到車站周圍是一片兩、三層高的樓房，尚楊從一條小巷裡穿進去。這條石鋪的小巷大約被夾在兩條商店街的中間，兩旁的建築應該都是商店，在另一頭的街道上應該能看到商店的招牌，但對著這小巷露出的門都像是後門，大都是緊閉著的深色不顯眼的門，還有空調的分體機掛在牆上。如果這時他看到門開了，店員模樣的人拎了一袋垃圾出來倒也不起怪。這時已經是黃昏時分，尚楊走著的小巷被埋在暗影裡，也沒有路燈，因此巷子裡的景色很模糊。尚楊沒有十分留意，就這樣往前走著，不知從何時開始，他眼前的風景忽然一變。他不知從哪裡走進了一座碩大的建築物裡面。看這建築的規模，很難想像這地方和一條冷清的小巷連在一起。這座建築物被籠罩在半球狀的鋼架和玻璃的天花板下面，天花板從地上立起，到中間大約有五六層樓高，上面掛著照明燈，照亮整個建築。被籠罩在地上的是一個三層樓結構複雜的商場，樓層之間交叉著天橋和電扶梯，客人在樓層之間游走，通道兩邊的商店大都是服裝店和餐館，只看門面就知道檔次不低。尚楊沿著通道走，坐扶梯上樓，又坐扶梯下樓，最後停在一個設施入口前面。入口處的牌子用四種語言寫著「賭場」。他拿出手機確認了一下，林光就在裡面。

賭場門口戒備深嚴，可以看到四個表情嚴肅的持槍的警衛，藍制服，手槍明晃晃地別在皮帶上。進入賭場除了要出示身分證件，還要經過探測金屬的檢測門，還要過一輪搜身，這才能進去。但一旦到了裡面，就完全是輕鬆的氣氛，大廳裡深色花紋的地毯，錯落排列的照明燈光，響成一片的老虎機的遊戲聲，還有按捺不住激動的客人的神態，一切都在刺激著人遊玩的情緒。尚楊如果不是有明確的任務，恐怕也會在某個老虎機前坐下來耗費幾小時。尚楊拿出手機，放大定位，找到了林光的確切地點，一直走到他面前。林光坐在一張撲克的檯子前，他身邊的位子空著，尚楊就過去坐在他身邊。林光看起來年紀在四十歲上下，凌亂的卷髮，花襯衫，戴著一條金鏈，像是哪裡靠炒房起家的暴發戶。他手上的牌局正進行到一半，他翻開底牌看了看，停頓了片刻，敲敲桌子再要一張牌。莊家給他發了一張牌，他一看一皺眉頭罵了一句粗話，掀開底牌，隨即莊家把他面前的幾個籌碼收去。尚楊乘這時和他招呼說：「林光林先生？」林光看了他一眼，不以為然地說：「來啦。管理員跟我打過招呼，說你會來找我。」尚楊說：「那你也知道我找你是為什麼事了？」林光站起來說：「跟我去那邊喝點東西。」

林光帶尚楊走進休息間，這裡大約有十張圓桌，一個吧台，吧台後面的酒櫃上展示著各種飲料。林光讓尚楊要喝什麼自己點，這裡飲料不要錢。尚楊就要了一杯番茄汁。林光要了一杯名字難記的雞尾酒，兩人在一張空桌邊坐下。林光看了看尚楊拿著的玻璃杯，笑了一下說：「番茄汁？我很久沒喝過了。」尚楊也笑了笑說：「補充一下維生素。」林光透過休息間和大廳之間隔著的玻璃牆凝視著賭場中間，片刻後轉頭對尚楊說：「來這裡賭錢的人大部分有一種心理。他們想，一台老虎機要是很久都沒出過大獎，那大獎很可能就快來了。或者一台老虎機剛出過大獎，那肯定一段時間裡不會再出大獎。所謂的賭徒的技術，就是基於這種思想上演變出來的，要不然賭博根本沒有什麼技術。你看那邊輪盤邊上坐著的那個人，看到他拿著個小本在記東西了吧，他在把每次輪盤搖出的號數記下來，好像根據以前的號數就可以猜測接下來會搖出的號數是什麼。原理都一樣，如果一直搖出雙號，他就相信下一盤搖出單號的可能性大。

你不覺得很有意思嗎？這叫做什麼心理？為什麼人會有這種心理？」尚楊看著林光指著的那個人不說話。林光停了片刻又繼續說：「這種心理不是賭博的時候才有。比如說男女感情吧。你一定聽說過，男人不壞女人不愛這句話。我現在就告訴你這句話背後的祕密。其實女人不是愛男人的壞，而是相信男人壞到盡頭會變好。愛壞男人的女人十有八九都期望自己是這個男人壞的時候的最後一個女人。她們的心理就是這樣，壞男人就像一直不出大獎的老虎機，讓人覺得大獎很快就要來了。同樣，為什麼好男人被女人討厭？因為剛出了大獎的老虎機一段時間不會再出大獎了。女人最害怕的就是做一個好男人在好的時候的最後一個女人。懂了吧？不過我告訴你，這種心理實際沒有什麼科學性。我在這邊見過太多相信這種理論而在老虎機上輸得精光的人了。這世上最後發現壞男人無法變好的女人恐怕也難以計數。」

尚楊說：「你說的這些和查南發生的事件有關系嗎？」林光一笑說：「可能有，也可能沒有，你覺得呢？你要是覺得沒有，就把這些當作一個老賭鬼發發牢騷吧。」尚楊說：「那關於事件的確切的情報，你現在有嗎？」林光說：「委員會的傢伙，就是不肯讓我好好休幾天假。我都快退休的人了。」說著他從衣袋裡掏出手機，用手指點了幾下。尚楊手機訊號音一響，他拿起手機看，一個人的資料發到了他手機上。上面有這個男人的照片，名字，工作單位，和手機登陸碼。林光說：「我幫你定位到這個叫治生的男人了，接下來就是你的工作了。」喝了一口酒又不緊不慢地說：「現在查人真是方便，一個手機登陸碼什麼資訊都能得到。十年前的變裝跟蹤，監聽電話線，都好像是古代的事了。」尚楊把手機放回口袋站起來。林光說：「走啦？有一點你可能還沒注意到，需要提醒你的，就是查南這座城市會變化，不但空間上變化，時間上也變化。我說的不單是指人。」尚楊沒有很明白林光的意思，但感覺也沒問的必要，徑直往賭場門口走出去。

回宿舍還是要先到地鐵站，尚楊沒有順原路走回去。他看著大致的方向，沿著一條大馬路往地鐵站走。夜色中馬路中間兩旁都是燈光，有路燈，開過的汽車的車燈，路邊建築物的燈，因此一眼看去並沒有哪個角落特別漆黑。路上陸陸續續有些行人和尚楊擦肩而過，有獨行的老人，帶著小孩的夫妻，幾個一群的年輕男女，每個人都是夏天的裝扮，短袖襯衫、短褲、裙子、涼鞋。相比起白天酷熱晚上嚴寒的某些城市，這座城市的晝夜溫差並不明顯。尚楊想，白天和黑夜看來並不是這座城市最大的變化。他這樣心不在焉地走著的時候，忽然察覺到異樣，就是他周圍光線的亮度忽然降低了。尚楊回頭看了看，很快發現原因，有一棟他剛剛從下面經過的大樓不見了。尚楊很確定就在半分鐘前那裡是有一棟大樓的，有超過二十層高，玻璃牆壁，大約有一半的窗戶透出燈光，他從下面經過時還看到底層的大廳裡立著看板。但現在這棟大樓在他視野裡找不到了。大樓消失空出的視野裡尚楊看到了更遠處的樓房。在大樓應該在的地方，這時立著一棟單層的古代東亞風格的建築，紅色的柱子和屋簷，屋簷下掛著燈籠，像是什麼寺廟的前院。就好像整座大樓沉到地裡，在地下挪移之後，換了這座院子浮出來。尚楊正在那裡納悶著，忽然被一個人推了一下。被這一推他幾乎從步道退到了汽車道上。他轉頭看推他的人，是一個二十來歲的男青年，長頭髮，穿著背心牛仔褲。這男青年一邊往前走一邊轉頭看著他說：「你還是回去你原來的地方吧，這裡的事和你沒關係。」尚楊正不知怎麼反應，那男青年已經走遠了。

上地鐵坐到站，下來走了幾分鐘，走進一棟住宅樓裡。到了五樓，找到六號的門口，尚楊看到窗臺下擺著一盆花，他挪開花盆，果然看到鑰匙在花盆下。他就拿鑰匙打開門進去。進了廳房開了燈，尚楊看到這套房子的結構一目了然。有一間廚房，一間臥房。廳房裡除了一把沙發一張茶几之外什麼也沒有。臥房裡有兩張床，都是上下鋪，單人床的尺寸，也就是說這裡能睡四個人。但從空蕩蕩的櫃子和地板可以看出這裡目前沒人居住。廚房裡有一台冰箱，冰箱裡有牛奶、麵包，和一種看著像是琵琶但他叫不出名字的水果。牛奶還沒過保質期，麵包看著也新鮮，顯然最近才有人把這些食物放在這裡。尚楊從櫃子裡找出一個杯子，倒了牛奶，就著麵包吃了幾口。又把那奇異的果子剝開來吃，去了殼後裡面是蒜頭模樣的果肉，但吃著味道像柚子。吃完把杯子洗了洗放回原處，尚楊走進臥房，在一張床的下鋪躺下。他掏出手機，又看了一遍林光發給他的目標人物的資訊。這人名叫治生，年紀二十六歲，東亞某國國籍，一年半前二十五歲時從國籍國某大學碩士畢業，然後來到查南開始在某造船廠工作，職務是業務員，單身未婚。從照片上看這個男的短髮，臉略顯得尖，其它沒什麼顯眼的特點。尚楊並不覺得奇怪，他處理的事件裡很多最後的中心人物就是這種簡歷平淡，其貌不揚的人。

正這麼看著的時候，尚楊聽到外面有動靜，客廳的門開了，有一個人走進來。那人徑直走進臥房來，解下背包往另一張床上一放，坐到床上，看向尚楊說：「你好。」尚楊保持躺著的姿勢側臉看這人，是一個二十出頭亞裔的小夥子，整齊的短髮，穿著白底印花的短袖衫和短褲，一看好像放假出門旅遊的大學生。尚楊不認識這人，但既然知道這間宿舍，無疑和他一樣也是受委員會差使的使者。這孩子對尚楊笑說：「你好，我叫明志，剛剛開始做使者不到一年，前輩要多關照我。」尚楊指了一下廚房的方向說：「冰箱裡有牛奶麵包。」明志搖搖頭，仍保持著笑容說：「我不餓。」又問：「前輩做這行多久了？」尚楊停了停說：「十多年了吧。」他怕明志又追問什麼，反問他說：「你來查南玩還是辦事？」明志說：「我就是在這裡轉機，明天上午就要走了。」尚楊哦地應了一聲。明志看向窗外說：「可惜我不能多呆幾天，不然說不定能看到查南的街道變形。」尚楊說：「街道變形？」明志說：「對啊，前輩沒聽說過嗎？這是查南的一個奇觀，整條街道幾分鐘裡變成完全不同的街道。」尚楊說：「怎麼變？」明志說：「我也只是聽說，沒親眼見過，也不知道怎麼變的。不過聽說因為有這個奇觀，查南開始被人叫做西格瑪城。」尚楊說：「街道變形和西格瑪城這個名字有關系嗎？」明志說：「西格瑪不是有扭曲變形的意思嗎？」

尚楊躺在那裡看著手機的時候，明志進衛生間洗了澡，換了一套睡衣，躺到床上，也拿起手機來看。有一陣子明志沒做聲，忽然說：「前輩，你有喜歡的女生嗎？」尚楊愛理不理地應說：「沒有。」明志說：「是嗎？」放下手機朝尚楊看過來又說：「我最近常常回想我高中時候的事。其實也就兩年前吧。想我和班上的那些女生的事。」尚楊說：「你和班上女生怎麼了？」明志說：「我不知道前輩能不能明白。但我在高中的時候被人說是花心，見一個愛一個。我其實很想專注地去喜歡一個女生，但是做不到。如果我喜歡一個女生，如果不說出來還好，如果不說出來，一直悶在那裡也不會變。但一旦說出來，不管是跟這個女生說，還是跟朋友說，只要我描述一下我怎麼喜歡這個女生，我對這個女生的興趣很快就會沒掉。如果這時候旁邊有另一個女生，和眼前這個女生有稍微不一樣的可愛之處，我的興趣馬上就會被這新的女生吸引過去，之前那個女生不管我一時有多喜歡她，很快就會忘掉。我的道德感很正常，我知道花心不好，劈腿不對，但我不能控制我興趣在不同的女生身上轉移。特別是如果我對一個女生描述怎麼喜歡另一個女生，我十有八九會不再喜歡前面那個女生，轉而喜歡上聽我說話的這個女生。前輩你說這是病嗎？」尚楊想了一下說：「看來你被選來當使者也不是沒有理由的。不管是不是病，你這樣反正是沒法有正常的家庭社會生活了。」明志說：「我也是這麼想的。前輩怎樣？前輩第一次喜歡一個女生是在什麼時候？初中？高中？」尚楊說：「那麼久以前的事哪裡能記得。你明天一早不是還要趕飛機嗎？早點睡吧。」

明志不再說話後，尚楊看著上鋪的床板想了想自己的事。什麼初中，高中，那些記憶在尚楊腦中早已不存在了。他的記憶好像就是從做使者開始的。十幾年的使者生涯，也沒深交過什麼朋友，也沒有真的戀愛過，也談不上享受過什麼人生快樂。但也許這些他在決定接受使者這個職分時就已經捨棄了。像明志這樣的新人，要明白這些還要一段時間。

用手機登陸碼登陸治生的手機後，他手機上所有的資訊都可以打開來看。聊天軟體的對話記錄，社交網路上的留言，郵箱軟體裡的郵件內容，新聞軟體訂閱的頻道，要看只需要尚楊在自己手機上點一下。把這些個人資訊流覽一遍後，尚楊的感覺是治生這個人不熱衷社交，朋友很少。他聊天軟體上的好友大致可以分為兩批，一批是他在國籍國的朋友，一批是他到了查南後在工作單位結交的人。因此可以推斷治生來到查南後沒有結交工作關係以外的人。翻聊天記錄的話，他國籍國的朋友在他來查南之前還算經常往來，有常常一起出去玩的跡象，但來到查南之後，他和他們的聯繫很快就變少了，好像最好的朋友也不過一兩星期打一次招呼。從他用的軟體也看不出他有什麼特別的個人愛好。手機上裝的兩三個遊戲都是最普通的那些，一個消糖果的遊戲，一個抓小精靈的遊戲。社交網路上關注的除了幾個經常上新聞的歌手和政客，只有一個徒步俱樂部表現出他的愛好。他自己的留言也基本是飯菜的照片。這樣整體一看的話，治生這個人的存在簡直太單薄了，關於他的除了最基本的東西、工作、吃喝，幾乎什麼也沒有，唯一的愛好是走路。好像有什麼把本來有的有趣好玩的部分都從他身上砍掉了似的。要這麼說的話，倒是和使者有點像。用手機登陸碼尚楊還能即時知道他的地點，通過麥克風聽他周圍的聲音。不過這天在晚上十一點到一點之間，治生的手機忽然失聯。這有點奇怪，因為除非治生把手機放進冰箱裡，否則不可能脫離監控網路，哪怕關機都沒用。但現階段也沒有什麼能推測的。

第二天尚楊睡到快到中午才醒來。起來時明志已經走了，尚楊洗了個澡，然後拿起手機翻了翻。他想找個地方吃午飯。使者的情報網站上有當地正在發生的一些新聞，尚楊翻到一條新聞，有人正在辦婚禮，就在不遠處的一處酒店，坐地鐵過去只需要坐五站地。以尚楊的經驗，這樣的婚禮通常不會排斥陌生人，很容易摸進去混點吃的。尚楊就把頭梳了梳換上衣服出發了。上地鐵下地鐵走了幾分鐘，進入在辦婚禮的酒店，一樓大廳裡就立著牌子，寫著某某和某某的婚禮會場，還有一張簽到的檯子。尚楊走過去用一個假名簽到一下，接待的小姑娘就告訴他會場在幾層，從哪個電梯上去。原來這家酒店屋頂有一個花園，他們在那裡辦婚禮。坐電梯到了頂樓，一進花園就看到熱鬧的婚禮現場，擺了約有二十張桌子，參加的人約有兩、三百人。最前面臺上有一個嘉賓模樣的人在說話，穿著禮服的一對新人站在一旁讓人看著。也不知是不是化妝的效果，男的顯得挺帥，女的看著也挺可愛的。因為是在天臺上，視野很寬闊，從一側的欄杆看出去，酒店正對著一個足球場大小的公園，綠瑩瑩的地面上有些人影。公園對面是商業街的高樓。酒店有十二層樓，目測那些商業街的高樓都比酒店高，至少都有二十層以上，高的有三、四十層，有幾棟牆身是墨藍色或褐色的玻璃，倒映著天空的光亮。雖然是酒店的頂樓，但被這些高樓包圍著，這個天臺花園倒像是在一個低谷裡。尚楊的目的只是吃的，所以他在離禮台最遠的一張桌子邊坐下。這一桌的人年紀和新人差不多，看起來都是新人的朋友或者同事。尚楊坐在那兒不做聲地吃東西時，同桌的幾個女生在那裡地閒聊著，尚楊聽了一會兒聽出這對新人男的是公司老闆的兒子，女的是公司的員工。

女同事一號說：「我還是很難理解為什麼這兩人會走到一起。像紀敏這樣要相貌沒有相貌，要能力沒有能力，老湯到底是看中她什麼？難道說富二代公子哥的品味真的和平常人不一樣？」女同事二號說：「的確是太不可思議了。在公司裡，紀敏不是天天被課長罵的那個嗎？幹什麼都會出錯，叫她處理個表格，她把檔弄丟掉，叫她下載個程式，她讓全公司的電腦都中了病毒，她那倒楣樣我們都看到的。再加上她的競爭對手可是那個程婕啊。又漂亮，又聰明，從來沒聽說過她犯過錯誤，又是老湯的祕書，天天陪在他身邊，時時有親近的機會。可能全公司的人都想不到，為什麼老湯沒有選程婕，而是選了掃把星紀敏？」女同事三號說：「這個謎底就讓我來揭曉吧。我有確實的消息，幾個月前有一次老湯生病在家休息三天，那三天紀敏天天去看他。兩人的感情應該就是那時開始的。」女同事一號二號沉默了一陣，然後一號又說：「程婕那時沒有去關心他嗎？」女同事三號說：「沒有，生病的事老湯對誰也沒說，這事誰也不知道，包括程婕。也不知道紀敏是怎麼知道的。」女同事一號二號又沉默了一陣，然後一號又說：「那也不應該啊。就算紀敏聰明瞭一回，但她整體的笨還是擺在那兒的啊。那麼糟糕的一個人，就算做對了一回又怎樣？程婕那麼優秀的一個人，就算疏忽了一回，她的優秀還是在那裡啊。老湯難道就因為這區區一件事，就不要優秀的程婕，而選了紀敏這個倒楣蛋？」女同事三號笑了笑說：「這裡的人生道理我們就記下來吧。一個事事都做錯的人，只要做對一次，就會被視若珍寶。一個事事都做對的人，只要做錯一次，就是被唾棄的對象。這就是這個世界的公平。」

尚楊在聽著些的時候吃了兩道菜，沙拉和海鮮湯。主菜小羊排上來的時候，尚楊拿起刀叉正要下手，忽然聽見騷動。本來在聊新人八卦的幾個女同事都叫起來，說：「天哪，那是什麼啊？」尚楊抬起頭，看到人群都在往一個方向看，就順勢看過去。他很快明白人群騷動的原因，隔著公園的那片商業區，最高的那棟樓，白色牆身上開著一格格窗戶的，在頂樓算下來兩三層樓的地方，牆身上出現了一條黑線。這條黑線還不是靜止的，在以肉眼看得出來的變化速度朝右下方延伸，大概用了一分鐘的時間，從樓身中央延伸到一側牆的邊緣。從尚楊在的地方看過去只是一條細線，但考慮到和那棟樓相隔的距離，那條線至少也有兩、三米粗。線延伸到樓身邊緣靜止了一會兒，大約一分鐘後，這棟樓右下方的另一棟矮些的商業樓，相隔一棟樓三十米左右的寬度，高度少了大約十層樓，藍色玻璃牆身的，從頂樓的地方也出現了延伸的線，也是朝右下方延伸，在一分多鐘時間裡劃到了這棟樓的邊緣。兩棟樓樓身上的線顯然是一條線，在同一條直線的延長線上，如果兩棟樓中間三十米的空間裡有另一棟樓的話，線肯定也會出現在那棟樓身上。線延伸到第二棟樓的邊緣後，人群都靜靜地等著，但兩三分鐘後再沒有動靜了，貫穿兩棟樓的黑線靜靜地停在那裡，看來已經結束了。隨即人群恢復了騷動，互相對這個異象發表意見，把正在舉行的婚禮都忘到一旁了。尚楊這一桌的女同事嚷嚷著說：「這到底是什麼鬼啊。從一年前開始有變形的街道，現在又有這個，安普頓真是越來越不適合住人了。」尚楊想到昨天碼頭上看到的異象，和他剛剛看到的東西看起來是一回事。他又馬上想起昨天晚上治生手機的失聯，以他做使者多年的直覺，那和這個怪事多半有關聯。

尚楊先打開手機確認一下治生的地點，他看起來今天正常上班，地點在船廠的辦公樓裡。尚楊幾口把面前的菜吃了，下樓走出酒店，走到剛才從樓上可以看到的公園裡面。他找了一張長凳坐下，掏出耳機戴上，打開治生手機上的麥克風，監聽這時治生的動靜。聽起來治生正在開會，他的領導，一個女的，正在講業務上的事情，對某客戶的回饋，和某客戶的交涉等等。一會兒這個女領導點名治生，要他在月底把和某客戶的合約拿到，治生的聲音響起來，腔調很猶豫地說：「不行啊，對方要求很多，這個要在月底談妥太難了。」女領導說：「有什麼難的，基本面上不是都已經談攏了嗎？不就是一些細節還沒定嗎？用點心幹，我想你可以的。」治生發出一聲拖得很長的「嗯」，像小孩在撒嬌似的，然後說：「好，好吧，我試試看。」看起來治生在公司裡是屬於唯唯諾諾，沒有什麼積極性，被人推一下動一下的那種員工。尚楊抬頭看那棟高樓，那黑線靜止在樓身上，像一個標記著一種詭異的聲響的音符，心想這真的和這麼一個平庸的公司員工有關系嗎？

正坐在那裡聽著時，有一個女子走過來坐在尚楊身邊，向他搭訕道：「嘿，小哥，你在這裡坐了很久了，在等人嗎？」尚楊轉頭打量了一下這女子，年紀大約二十來歲，穿著背心和超短褲，腳上一雙夾腳拖，臉上掛著曖昧的微笑，意圖看起來很明顯。客觀地說，這個女的長得不壞，尚楊如果適當地應對的話，和這女的說不定能有什麼發生。但是尚楊沒有回應。他對那件事沒有一點興趣。大約從五年前開始，他對男女間的那事就已經毫無感覺了。他並不覺得這有什麼不好，沒有那種欲念執行任務的時候的確方便多了。

那女的剛走開，尚楊手機震了一下，他拿起來一看，林光給他發了一條資訊，是一個連到新聞網站的連結。尚楊打開那條新聞看了看，新聞標題是：「神祕黑線再次出現在我市，原因目前尚不清楚」。新聞內容寫的就是一小時前尚楊目睹的在這兩棟商業樓上劃出的黑線。通過報導，尚楊得知這條黑線寬約三米，陷入牆身大約兩釐米，經過玻璃窗的地方，玻璃被齊齊切斷，間接導致六人受傷。報導說，根據專家意見，這是人為作用的可能性大過自然現象，但什麼人出於什麼目的用什麼手段劃出了這條黑線，目前一概未知。新聞中還插了一段視頻，是路人拍下的黑線正在牆上延伸的錄影。林光又發給尚楊一條資訊說：「第四起了，你動作要快點。」尚楊回復說：「知道。我剛才就在這棟樓附近，看到了。」等了等又發一條說：「現在有時間嗎？有點事想再問問你。」林光回復說：「行啊，我還在老地方。」

來到賭場，看到林光坐在和上次一樣的檯子旁邊，依舊穿著花襯衫，戴著一條金鏈。見到尚楊，林光就站起來，帶尚楊往休息區走，到吧台點了飲料。剛坐下，尚楊就迫不及待地問：「我就是想問問，你們為什麼認為這個治生和查南最近的怪事有關系？在我看來，他只是再平凡不過的一個公司小職員。」林光說：「首先你要知道，人是很能異想天開的。這世界上有人認為某城股市的起落是受他每天做的事的影響，有人認為某國總統大選的結果是受他私下裡說的話左右，有人認為某個歌手唱的情歌是專門唱給他聽的，認為這個歌手不但認識他還暗戀他。這樣的想法其實誰都可能有，要是在腦中一閃而過，當個笑話一笑了之，這個人還算正常。如果他堅持他想的是真的，這種人我們叫做瘋子，只能在精神病院度日。但是我告訴你的這個人，是個真東西。他是所謂的原始原因。我們不知道這個人為什麼來查南，但是他來了查南後，查南真的有很多事是因為他而發生的。就像蝴蝶效應，我們追溯風暴的原因，最後追溯到這只蝴蝶，無法再往上追溯了，這就是原始原因。這個世界本來處在因果律的連接中，很難有全新的事發生。我們統計，治生來到查南後，查南約有百分之十五的新事情是因為這一個人發生的。要是他沒來，這些事不會發生。這些事除了這個人來了查南無法有別的解釋。百分之十五是一個很大的數位。換成容易理解的單位吧，這一年大概有幾百億元的金錢交換是因為他產生的。有人因他一夜暴富，有人因他傾家蕩產。說實話我們很討厭這種存在，他讓這個世界變得不可理解，讓我們熟悉的遊戲變得不好玩了。」見林光不說話了，尚楊說：「所以呢？你們打算對他怎麼樣？」林光說：「這個別問我，問你老闆，他說的算。」

尚楊起身告辭時，林光叫住他說：「你反正是要去港口附近監視他對吧，麻煩你代我跑個腿，這個東西你幫我拿給一個朋友。」林光掏出錢包，拿出一張小卡片遞給尚楊，又說：「我把他的位址發給你，你要是有空就幫我跑一趟，見到他就說林光叫你來的。」尚楊接過卡片看了看，上面寫著兩行他不明白的語言的文字。尚楊把卡片放進口袋要走時，林光又叫住他：「對了，我再告訴你一件事吧。我小時候，上中學的時候吧，和一個小女孩挺好的。後來我要去大城市，她不想去，我們就分開了。那是三十年前的事了。我最近常常想，如果那時候我沒有去大城市，呆在老家，和她結婚成家，生兩個孩子，平淡地過一生，那會不會比我後來到大城市得到的人生更好。有時我就一夜不眠想那種可能性。但是我又想，如果我真的和她在老家結婚生子，現在我心裡想的，大概是大城市里的人生吧。」尚楊停頓了片刻後說：「這和事件有關系嗎？」林光一笑說：「可以有，也可以沒有。」

為了弄明白治生失聯的那兩個小時去了哪裡，尚楊不得不採用近距離跟蹤。白天治生去上班的時候，尚楊就到離船廠不到兩百米的一個公園裡呆著，監聽著他的手機。晚上治生回家，尚楊就在距離他家一百多米的一家酒店裡等著。治生在路上的時候，尚楊就一直在一百米的距離以內跟著。尚楊準備好了，如果治生再次失聯，他就要馬上趕到他失聯的地方，看看發生了什麼。不過一連三天治生都沒有再失聯過。這三天治生的行動很單一，早上七點起床，洗漱吃了早飯，七點半出門，到一個巴士中心站坐八點的公司專車到船廠，在那裡呆到下午五點，坐車回家，在公寓樓下的飲食廣場吃晚飯，吃完上樓回自己房間，躺在床上看書或玩手機，到十點就把手機切換到免打擾模式睡覺。這三天查南也沒有新的黑線事件發生。

第四天治生去上班後，尚楊判斷治生不會在上班的時候失聯，就想去把林光拜託他的事辦了。他要轉交東西的那個人叫許猶。尚楊按林光發給他的位址，來到港口附近一片別墅區裡，找到那個門牌號敲了門。一個中年女人來開了門，尚楊說他找許猶，女人說許猶不在家。尚楊看著這女人的眼睛，在她瞳孔深處好像有一種不安，仿佛不願意表現她和尚楊問的人有什麼關係似的。尚楊說是林光讓他來找他的。女人想了想說了聲你等一下，轉身關了門。兩分鐘後女人又開了門，對尚楊說許猶去演出了，要是尚楊去某個地方可以找到他。女人說的地方是一個劇場的名字。尚楊掏出手機打開地圖軟體，搜索出那個劇場，問女人說是這裡嗎？女人說是。

半小時後尚楊在劇場後臺的休息室見到了許猶。尚楊在劇場前廳對接待員說他是許猶的朋友，有私事要找他後，接待員就給他指了休息室的位置。許猶是一個年紀在四十五歲上下的男人，穿著西服，坐在休息室一角的沙發裡，見到尚楊時表情非常冷峻。尚楊走到他面前問他是不是許猶，他沒有表情地回答，什麼事？尚楊說是林光托他給他帶一張卡片，說著從錢包裡摸出那張卡片遞給許猶。許猶的眉頭稍微舒展了一點，接過卡片看了看，哼了一聲。他抬頭看尚楊，說：「你知道這上面寫著什麼嗎？」尚楊說看不懂這種文字，許猶就說：「前段時間我發現我老婆行蹤有點詭異，常常白天出門不知道去哪裡，我懷疑她有外遇，就讓老林幫我查了一下。這張卡片上寫著說她沒有去見別的男人，只是參加了一個繪畫班。」尚楊說：「原來如此。」這時休息室門開了，一個助理模樣穿著夾克的小年輕進來說：「老師，這是您要的水。」說著走過來遞給許猶一瓶說，許猶拿起瓶子看了看，皺起眉頭對那助理厲聲說：「我不是說要葡萄味的嗎？你看看這是什麼味的？跟了我這麼久還不懂我的口味？」說著把那瓶水往那小年輕身上一扔。助理忙鞠了躬說：「我這就去給您換。」撿起那瓶水跑出去了。許猶保持著坐姿，看向尚楊說：「所以你是林光的朋友？」尚楊想了想說：「我們算是同行吧，他可以說是我的前輩。」許猶點了點頭，用很有威嚴的口氣說：「年輕人，用心做，勤快一點，多跑多問，你會有前途的。」這時剛才那個助理拿了另一瓶水進來，遞給許猶，說：「老師，您趕快準備一下，還有三分鐘就開場了。」許猶聽了打開水瓶喝了一口，忽然低頭下去，用兩手抱著頭。從他臉的一側可以窺見的陰鬱的表情，尚楊猜想他處在一種十分抗拒的狀態，好像他準備上臺演的是一出深刻的悲劇。

許猶上了台後，尚楊從側門進了劇場大廳，在最後一排看了一會兒許猶的表演。大廳裡座無虛席，大約有兩三千人的觀眾。在臺上許猶的表情輕鬆自然，一嗔一笑充滿親和力，一會兒像個睿智的老先生，一會兒像個天真的大哥哥，觀眾被一波接一波地帶出笑聲。「我女兒上初中了，生物課上學到先天因素和環境因素，她不太明白，就來問我，什麼是先天因素，什麼是環境因素。我說我舉個例子，兩夫妻生了一個小孩，如果這孩子長得像他爸爸呢，那就是先天因素，如果長得像隔壁老王，那就是環境因素。」在觀眾轟然大笑的時候尚楊感到笑不起來。他看著臺上許猶的表演，感覺像是在知道手法的底細後看一場魔術，已經沒有什麼意思了。

從劇場出來，尚楊在外面的街上走了走。這天是晴天，藍天上浮著幾朵白雲。街道中間一條綠化帶種著樹，葉子在陽光下閃閃發亮。街道兩旁是這幾天尚楊常看到的商店街，大都是兩層三層的小樓，對著街開著店門，門上掛著招牌，有菜館，有服裝店，有跌打診所。小樓牆身的色調以藍和灰白為主，二層樓的窗戶上圓下方，窗沿帶有浮雕，像是歐洲風格的設計。越過樓頂可以看到遠處的高層建築。尚楊正這樣在街上邊走邊看著的時候，忽然手機響起訊號音。他的手機設在靜音模式，只有什麼緊急情況才會響起訊號音。他拿起手機一看，上面顯示著市政府發的資訊：「你所在的某某街道即將開始變形，請迅速從建築物中撤離，到空地上等待。」尚楊看著這條資訊的時候，周圍忽然吵鬧起來，可以聽到人群的叫喊聲和嗡嗡的說話聲。再往街道前後一看，兩旁的建築裡陸陸續續有人走出來，站到馬路上，有的看著手機，有的抱著兩臂看著建築，大概有的是店家，有的是商店的顧客。大部分人都顯得不以為然的樣子，仿佛街道變形這種事對他們來說早已不稀奇了。有一間飾品店的外面站著一個中學生年紀的女孩，紮著馬尾辮，穿著背心短褲拖鞋，朝店裡面喊著：「媽，你還在幹什麼啊？快出來啦，要變形了啦。」裡面傳出一聲女人的喊聲：「急什麼，沒那麼快啦，我把這裡整好了再出去。」大約三、四分鐘後，一個穿著花襯衫和七分褲的女人從門裡走出來。她剛走出來不到十秒鐘，街道的變形就開始了。

接下來的五分鐘尚楊所看到的情景很難用文字描述。本來是石木做的固體的樓房，彷彿化作液態一般，扭曲、翻轉、縮聚、拉伸。有的局部可以看出變形軌跡，原來的牆身挪移變成了柱子，原來的房檐挪移變成了窗沿。有的局部是內外翻轉，外面原來的材料翻進裡面不見了，裡面的原來看不到的材料翻出來變成新的表面。五分鐘後一排新的樓房出現，街道的風景恢復靜態。但是在那變形的五分鐘裡，那一排正在變化的物體絕對不能稱為是樓房，不單因為它會動，而且因為它處在兩種穩定的狀態之間的一種中間狀態，無法定義，無法賦予意義，簡直可以說不是人應該看的東西。變形後產生的新的樓房和之前的樓房風格有很大不同，紅色調取代了原來的藍灰的色調，門廊和窗戶的風格也變成了東南亞島國的風格，木質窗沿取代了原來的石制雕花窗沿。商店的招牌沒受影響，都還掛在門上，也許商店裡面擺設的內容也沒變，但是變形後整個樓房的氣氛改變，每家店賣的東西好像都和招牌寫的不一樣了。但是即使這樣，變形後的樓房還是普通的樓房，在陽光下看起來很安穩，可以理解，可以住人，可以在裡面活動。那五分鐘那一團中間狀態的東西，尚楊想起來就感覺冰冷而可怖，像是從什麼噩夢裡冒出來的。

變形結束後街上的人就三三兩兩回到店裡。尚楊想知道更多一點關於變形的事，於是他找了一家咖啡屋進去。看門口招牌，這家咖啡屋賣咖啡，點心，簡單的午餐，有義大利面和三明治什麼的。進去以後，尚楊很快感覺到四面牆壁的風格和掛飾，桌椅不協調。牆壁是類似東南亞島國房屋的風格，牆身上半部分是白色，下半部分是綠色，開的窗戶是木質的。但牆上掛著的油畫，桌上擺著的小瓶小罐都是歐式風格。店裡面十幾人的座位這時分開坐著三個客人，沒看到老闆和服務生。尚楊在門口等了一會兒，看到老闆從後門出來，就跟老闆說他想要份午餐。老闆對尚楊說：「你先坐，我們找不到碗櫃了，找到我告訴你。」尚楊就找了張空桌子坐下。幾分鐘後，老闆和一個服務生模樣的小年輕從後門出來，老闆走到櫃檯後面開始做咖啡，服務生走過來問尚楊要點什麼，尚楊點了份三明治加咖啡。服務生走開後，尚楊就問老闆，是不是第一次經歷變形。老闆是個五十歲上下的大叔，從櫃檯後抬起頭說：「這條街這是第一次變形，不過我在別的地方親身經歷過兩次了。」尚楊說：「所以每次變形後都會有東西找不到？」老闆說：「是啊，以前在我朋友家那裡遇到變形，變完後他一個櫃子被埋到牆裡面，床也斷成兩半。所以說這變形真的很討厭，給人添一堆麻煩。」指了指牆壁又說：「你看這牆壁算是什麼？」尚楊說：「那如果變形的時候人在房子裡不是很危險？」老闆說：「你不是本地人吧？」尚楊說他是遊客，老闆就說：「一年多前剛出現這變形的事的時候，每次變形都會死人。到現在總共死了多少？」老闆轉向一個中等年紀戴著帽子的客人，大概是常客，那客人回答說：「十六人，上次新聞說的。」老闆又轉向尚楊說：「對，所以到現在因為變形也死了十幾人。不過從半年前開始就沒聽說過死人了。因為政府不知怎麼掌握了預測變形的辦法，事先給人發通知，讓人有時間撤離。」戴著帽子的客人插話說：「其實變形的時候在屋子裡也不一定會怎樣，死了的那些人其實是自己笨。我一個朋友就是變形時在家裡沒出來，最後也沒事。他跟我說只要小心一點不被卷到牆壁裡，其實一點不危險。」尚楊說：「有人知道為什麼會有這變形的事嗎？以後這變形還會繼續發生嗎？」老闆搖頭說：「沒人知道，政府的人都不知道。」

吃完三明治，喝著咖啡的時候，尚楊拿出手機，想在使者的情報網上搜索一下關于街道變形的資訊。但是他忽然一怔，他發現手機連不上使者的網站了。他刷新了瀏覽器幾次，每次都收到同樣的資訊：「網路位址無法訪問」。這是一個異常現象。如果他的手機連不上使者的網站，他可以說什麼都幹不了。也無法報告進度，也無法接受指示，也無法進行監聽跟蹤的作業。尚楊試了試打林光的電話，果然打不通。又試了試打開監聽軟體登陸治生的手機，果然也連不上。自從七年前委員會發給他任務用手機後，手機斷網的事只發生過兩次，每一次發生時都讓他如臨大敵。因為如果無法和使者的情報網連接，他的存在是什麼都是一個很大的問題。尚楊額頭上滲出冷汗。他穩了穩情緒，回想當初培訓時被教的，手機失聯時的備用方案。他從衣袋裡摸出使者手冊，找到地線號碼那一頁。那個備用方案說如果手機失聯，他可以用當地的電話座機連接使者情報網。尚楊叫了咖啡屋老闆一聲，問說能不能借電話座機打一下，老闆看了看他，指了一下後門說，電話就在裡面門口處。尚楊走過去，拿起電話聽筒，按了手冊上記著的在查南使用的號碼。三聲訊號音後，電話接通了，一個聲音說：「你這回完了，使者。」接著是一串猙獰的笑聲。尚楊掛了電話。

尚楊放下飯錢走出咖啡屋。他什麼也想不了，只知道一個方向，就是使者的宿舍，查南唯一和委員會有連接的地點。他穿過街道去坐地鐵，天還是湛藍的晴天，水泥馬路還是灰白色，道旁樹的葉子也還是綠色，但在他看來一切都是混亂的。他本來對環境沒有什麼感受，在連接著委員會執行任務的時候，不管是晴天，雨天，世界只不過是他走向目標的通道。和委員會失聯是超越一切環境的嚴重事件。一旦連不上委員會，陽光的光芒像是飽含惡毒，雨點打下來時也像有腐蝕肌膚的酸性，整個世界充滿怪異的敵意。迎面走過來一個人肩膀和尚楊撞了一下，是一個二十幾歲的年輕男子，他回頭看向尚楊，笑說：「你滿足了？」再往前走，兩個年輕的女人邊說話邊走過來，走過尚楊身邊時，她們發出一串笑聲，其中一個說：「所以他還不知道自己惹了什麼事？」一切這些他耳邊聽到的和他擦肩而過的人口中的話語都讓他心裡充滿恐慌。到了地鐵站，他刷卡過閘門時不知因為什麼故障閘門刷不開，旁邊的乘務員叫他過去，檢查了一下他的卡，然後開了人工閘口讓他過去。尚楊走過去的時候乘務員不知為何對他說了一句：「別想太多，沒事的。」

尚楊足不出戶在宿舍裡躺了三天。三天裡他的手機始終連不上使者情報網。第二天有個工人來更換冰箱裡的牛奶麵包，打掃房間。尚楊跟他聊了一下，但是他什麼也不知道，看來只是家庭服務公司派來的普通工人，跟委員會沒關係。無法連接情報網和委員會，尚楊唯一能做的就是在床上躺著。他不但失去了做事的工具，也失去了做事的勇氣，甚至他的身分。無法接通委員會，要是走在街上，一個員警攔下他要他表明身分，他都會很麻煩。只有委員會能證明他的身分。沒有委員會就沒有使者這個身分，沒有委員會他就是一個可疑分子，一個危險分子，一個非法分子。對使者來說這也許是最可怕的事。尚楊感到自己這時無比脆弱，他心驚膽顫地躺在宿舍裡，企望這間小屋能保護他的安全，企望沒有力量會透過這間小屋的牆壁來抓他。然後就是每隔十分鐘看一次手機。實際上前兩次手機失聯時尚楊就是這麼做的。那時他在另一個城市，執行任務的中間手機失聯，他就躲到宿舍躺著，直到三天後手機通訊恢復。所以這回他也指望同樣的事會發生。果然在第四天手機通訊自己恢復了。

剛恢復通訊，尚楊就接到了委員會的指示，顯示在手機上：「根據你提供的情報，我們已經確定治生是查南一系列異象的原因。現指示你排除這個人。請于下午六時到以下地點領取工具。」下面是一串使者才能解開的密碼，解開後讀出來的地點是某車站的自助存箱櫃的某號。尚楊抬腕看了一下手錶，還有七、八個小時。他給林光打了一個電話，接通後就聽林光說：「你還好吧？你大概也三天連不上情報網吧？我這邊也是。好像在查南整個情報網癱瘓。」尚楊說：「是什麼原因呢？」林光說：「沒人知道原因。可能是委員會的對頭幹的，但是可能除了最上頭的幾個人，沒人知道具體的細節。這個東西我們取名叫網路黑夜，通常等一等就會過去。你應該也不是第一次經驗了吧。」尚楊回答說：「嗯。我還好。」

尚楊走出宿舍，在附近街道漫無目的地走了一會兒，看見路邊一家拉麵點，忽然想要吃午飯，就走進店裡，點了一碗拉麵。這是一家小店，只有十個人的座位，迎門四個位子連著櫃檯，三張兩個座位的桌子擺在一邊。老闆就在櫃檯後面做面，櫃檯一側上方擺著一台小電視，這時放著新聞頻道。店裡只有尚楊一個客人，老闆做好面端給尚楊後，就抬頭在那裡看電視。尚楊邊吃面也邊看電視。原來尚楊躲在宿舍的這三天又出現了一起黑線事件，發生在一個公園和一棟商業樓交界的地方，那條黑線從公園中間水池開始，劃到商業樓的三樓，中間劃過一輛停在樓下的小車，那車斷成了兩截，不過沒有人員傷亡。老闆看到這裡哼了一聲說：「怪裡怪氣」。關於黑線的新聞之後是一條娛樂新聞，是關於一個隱退多時的歌手重新出道，當演員得了新人獎的新聞。看新聞上說，這位歌手曾經以清純活潑的形象紅極一時，她的成名曲《刷牙歌》那個年代的小孩幾乎人人會唱。後來發生了一個醜聞事件，這名歌手和朋友去夜店玩的時候，被狗仔隊拍下照片，登在雜誌上。因為照片上放蕩的模樣和這位歌手在公眾面前一向保持的形象截然不同，在社會上引起一陣軒然大波。這位歌手因為這個事件一夜之間患上抑鬱症，無法再進行演藝活動，沉寂了十年，直到去年才仿佛重新拾起信心複出。記者採訪她問她現在怎麼看當年的事件時，這位歌手說：「那個也是我。只要能接受這一點，沒什麼不能面對的。」

吃完拉麵尚楊走到附近一個公園，在那裡的長椅上坐下。公園一角裡有些供小孩玩耍的設備，滑梯，爬杆什麼的，還有一個沙坑，但這時一個人也沒有。尚楊打開手機確認了一下治生的位置。他還在港口邊上的造船公司裡，也許還在被那個女領導教訓。既然委員會已經提出了動手的指示，關於他也沒什麼還要查的了。只是出於好奇，尚楊把治生手機上的聊天記錄又打開來翻了翻。忽然他注意到治生對看來是他好朋友的一個他國籍國的人發過這樣的資訊：「我來到安普頓以後其實一直在悄悄進行一項工事，我感覺這項工事對世界會有很大的影響。但進行這事一年多的時間裡，我一直感覺抓不到頭緒，直到最近，我才確切地感到了一點什麼。我想我終於抓住了正確的方向！照這樣進行下去的話，這個工事能夠完成得很好！我現在很興奮，你且看我這工事完成時世界會變成什麼樣吧。」以前尚楊翻他的聊天記錄竟然沒注意到這段明顯不同尋常的對話。看一下日期，治生發出這段資訊的時候正是第一起黑線事件發生的時候。所以治生說的他找到工事正確的方向，無疑和那古怪的黑線有什麼關聯。

正翻著手機時，尚楊聽到嬉笑聲，他抬頭看了看，原來剛才沒人的沙坑裡多了幾個玩耍的小孩。那裡有三個小男孩，一個小女孩，還有一個大人。仔細一看，這個大人是個老人，看臉上的皺紋大概有六、七十歲，穿著深色的夾克和牛仔褲。這個老人看起來有些奇怪，因為看他的舉動，不像一個陪孫子玩的老人。他好像自己對玩沙子感到樂在其中，小孩嬉笑的時候，他也跟著嬉笑，神態跟一個小孩沒什麼差別。尚楊正看著這一幕奇怪的情景，忽然吱地一聲，一輛小車停在公園外的車道上，然後從車上開門下來一個人，徑直朝那老人奔過來。這個人是一個穿著襯衫西裙的女人，看年紀約四十歲左右。那個老人抬頭看到這個女人時，站起來轉身就跑。女人大叫一聲：「董事長，別跑！」然後以更快的速度追上老人，抓住他的胳膊。老人停下腳步，轉身朝向女人說：「我不是董事長，你認錯人了。」女人說：「董事長，別再開玩笑了，今天的董事會沒有你不行，趕快跟我走吧。」老人說：「我真的不是董事長。」女人急了，大叫一聲說：「你玩的這是什麼啊？你真的忘了自己是誰？你是九石集團的董事長，陳保龍，集團四千多人的工作都是你給的，你難道能忘了？快跟我走，今天董事會沒有你下決定集團就運作不了了。」老人甩開女人的手說：「不要，我不知道你在說什麼，我不要開會，我要玩沙子。」說著老人又走到那幾個小孩中間，和他們玩起沙子來。女人在原地怔了一會兒，然後走到老人身邊說：「陳保龍，聽話，跟我回去開會，開完會姐姐給你買糖吃。」老人轉頭看女人說：「真的？」女人說：「真的，你要什麼口味的糖都行，巧克力味的，草莓味的，哈密瓜味的，姐姐都給你買。」老人說：「我要桃子味的。」就這麼說著，女人總算連哄帶騙地把老人拉上了車。

車開走了一會兒，尚楊只覺得有點奇妙。他打開手機，搜索了一下「陳保龍」，「九石集團」，很快搜到關於這個老人的資訊。一個百科網站上有他的頁面，上面記著他的小傳。看來這也是個傳奇人物。小時候父母雙亡，下面有一個弟弟一個妹妹，所以十二歲就出來打工養家，賺錢供弟弟妹妹上學。三十歲之前做過各式各樣的工作，清潔工、報案、快遞員等等。三十五歲的時候成立第一家公司，一年內員工擴展到一百多人。那之後逐漸把公司做大，到現在整個集團已經有四千多員工。因為他對本地商業發展和就業市場的貢獻，五年前被評為商人楷模，是一個備受尊敬的人。讀完這段傳記再回想剛才看到的那一幕，尚楊感到費解。這樣一個一生奮鬥的榜樣，一個只手撐起一片天的人，竟然在七十歲的時候，忽然想忘掉一切，變成一個玩沙的小孩，這背後會是什麼力量。

六點時尚楊來到指示裡的車站，找到自助存包處，輸入手機號，拿驗證碼開了一個箱子。箱子裡有一個小號雙肩背書包。尚楊拉開拉鍊看了一眼，和往常一樣有一把手槍和一些別的東西。尚楊背上書包，來到治生家附近他訂的酒店房間等待時機。根據手機上的定位資訊，治生五點半從公司裡出來，坐車到家六點十分，在樓下吃了飯，六點半回到家裡，然後就沒再出過門。尚楊在等一個時機。既然委員會讓他今天動手，今天肯定會有什麼特別的時機出現。他一邊等一邊監聽著治生的手機。治生躺在床上開著手機一邊聽音樂一邊看社交網路的資訊，發了一條今天吃的飯菜的照片。但九點的時候忽然沒有訊號了。尚楊手機上顯示連不上治生手機。

治生的手機又失聯了。尚楊想，這是動手的時機了。

尚楊走出酒店，走進治生住的那棟公寓樓，上樓到他家門前，拿包裡的開鎖工具開了門進去。這時一套一房一廳的單身公寓，尚楊很快地看了一下客廳和臥房，但都沒有人。尚楊走進衛生間。他看見淋浴的小隔間地上開了一個半米見方的洞，看進去黑漆漆的，有一個系在洞口邊緣的繩梯連下去，繩梯往下三節就看不見了。治生的公寓是在六樓，按一般的設計，浴室開一個洞下去，下面肯定是五樓同樣位置的房間的浴室，但這時看來顯然不是這樣。尚楊顧不上想太多，從背包裡找出便攜的照明燈別在胸口，順著繩梯爬下去。尚楊感覺下去了大約十米才碰到底，他站在地面上周圍看了看，照明燈照到的地方都是凹凸不平的石頭牆壁。這是一條隧道，而尚楊正站在隧道的開始處，三面是牆壁，一面是隧道延伸的地方。從隧道一頭間隔著傳來硬物撞擊的聲音。尚楊沿著隧道往前奔去。治生無疑就在隧道的盡頭。

這條隧道不是筆直的，有時左拐有時右拐，有時上升有時下沉，尚楊算計著跑過了大約有一百米的距離，直到他看到一個人影。在隧道的盡頭，被尚楊的照明燈照著，治生穿著襯衫和黑西褲，手裡拿著一把鐵鍬，面對著尚楊站著。尚楊這時也是第一次面對面看到治生，感覺他比照片裡顯得更加瘦弱。很奇怪地，看到治生的時候，尚楊感到對治生的一切都理解了，他的想法，他在做的事，和這一切的原因。治生用冷淡的聲音問：「你是誰？」尚楊回答：「我是來糾正你的錯誤的人。」因為治生手上沒有光源，所以他這時應該看不到站在黑暗裡的尚楊。

停頓了片刻，治生說：「所以這就是你們給我的回復？在我為你們做了這麼多之後，這就是你們想給我的報答？我不計酬勞為你們受了這麼多苦，換來的是你們要我死？」尚楊說：「現在要你理解恐怕很難，但是我可以告訴你，你想的是錯的。」治生說：「你知道我想的是什麼嗎？」尚楊說：「不知道。不過我可以肯定，不管你想的是什麼，所有你認為是對的東西都是錯的。」治生說：「那我認為是錯的東西呢？」尚楊說：「那也是錯的。」治生憤然說：「胡扯！你們只是受不起我的恩惠，還不了欠我的債。你們根本不關心什麼是對錯，只不過需要一個藉口滅掉你們的債主！」尚楊說：「治生，不要怪我。這和個人沒有關系。」說著尚楊打開手槍上的保險，把槍口指向治生。

聽到這一聲金屬聲，治生好像猛地切換了一個狀態，他大叫一聲：「等一下！等一下！我告訴你一個方法，不會讓你難做。」尚楊不吭聲地等著他繼續說。治生用勸說的口氣說：「你剛才下來的時候是爬繩梯下來的吧，你應該看得出來，沒有那個繩梯我是回不到地面上的。你只要把那個繩梯收起來，把洞口封起來，我就不可能回去了，這樣你就可以交差了吧。別殺我。這個洞已經快挖到頭了，我想看看這個洞後面的世界，這個你可以理解吧？我不想回原來的世界了，我要到新的世界去，這個新的世界就在這洞後面，讓我去吧。」尚楊低頭想了一陣，覺得按治生說的做也行。於是他二話不說掉頭走了。回到隧道的開頭，爬上繩梯，把繩梯收起來。然後從包裡摸出一塊口香糖炸藥，裝在一個計時器上貼在洞口處，設定時間後走出房間，下樓走出公寓。他剛離開公寓樓不到十米，背後傳來一聲爆炸聲。

十二小時後，尚楊坐在離開查南的長途巴士上。從長長的跨海大橋過去就是另一個國家的領地。尚楊回頭透過車窗看離得越來越遠的那個島國的輪廓，心想，一件事就這樣結束了。治生從這世上消失了，以後查南不會再有怪異的黑線出現，也不會再有街道變形。也許。

二零一九年四月於大阪

花水川鐵道橋殺人事件

在日本關東地區西南角臨著太平洋的神奈川縣，有一座山叫丹澤山。從丹澤山上流下一條河叫金木川。金木川流至神奈川縣的平塚市，與從伊勢原市發源的涉田川合流，注入神奈川縣朝向太平洋的海灣相模灣。從金木川與涉田川的合流點到相模灣的入口處這一段約兩公里的河流叫花水川。花水川上有一座鐵道橋，橋上是連接東京與熱海的日本鐵道東海道線。在鐵道橋這裡，花水川的兩岸是一片荒地。這裡花水川大約有二十五米寬，兩岸各有一片約十米寬的亂石灘，在東岸石灘旁邊是一條馬路，再往東是田地。西岸亂石灘之外是一片約十五米寬的雜草地，再往西地勢上升，坡上有一條馬路，馬路的另一邊是一些民家一層兩層的房子。在六月的晴天，雜草地上旺盛地長出綠色褐色的野草，映襯出亂石灘上白花花的石頭的反光。

早上平塚市警察署接到消息，在花水川的鐵道橋下發現屍體，就派了刑警日向俊一和中村大介過去調查。兩人到現場的時候是早上九點剛過，除了亂石灘上有幾個藍制服的警察在維持現場之外，十幾個大概是附近居民的人從馬路邊上草地上遠遠地圍觀著。屍體的位置在花水川的西岸，離鐵道橋約有一米遠的石灘上，在這個位置，的確從橋上和河邊的馬路上都不容易發現。日向俊一走過去確認屍體。遺體在石灘上側倒著，擺成一個S形，從服裝上看來像是哪家企業的女員工，穿著黑色的制服裙，腳上是黑色的高跟鞋。日向揭開蓋在死者臉上的白布，一見到死者的臉，他吃了一驚。這張沒有傷痕的臉看起來像是一個他以前認識的人。為了確認，日向用戴著白手套的手把臉往一側翻開，在另一側的臉的眉毛邊上看到了一顆痣。這樣就不用懷疑了。在一旁的中村看到日向的表情，問說：「怎麼，是認識的人？」日向說：「是我的高中同學。」中村笑了一下，用揶揄的口吻說：「以前的女朋友？」日向說：「不是，連朋友都算不上，有點認識而已。」

死者身上有三處刀傷，一處在正腹部，兩處在背部，傷口約有三釐米寬，兇器很可能是登山刀一類的寬刃的短刀。死者倒著的地方有一灘血跡，看起來死因應該是失血過多。兩名刑警周圍巡視了一圈，在鐵道橋的下面發現另一灘血跡，離死者倒著的地方約有五米遠。中村對日向說：「你看得出這一灘血是怎麼回事嗎？」日向說：「兇手在這裡朝被害人腹部刺了一刀，拔出刀時血噴出來，被害人推開兇手往前面跑，兇手追上去，在背後又刺了兩刀。」中村說：「看這手法，兇手是下定了決心要致那姑娘于死地。這不是搶劫殺人。這是一起惡性事件，會上頭條的。」日向說：「這個推斷也要這灘血是死者的血才能成立。」中村說：「錯不了的。解決了這個案件，你差不多也能去都廳了吧。上一回的警部考試，你也通過了，沒錯吧？」日向說：「我其實也不是非要去都廳不可，只是老婆一直嘮叨著想去東京生活，說什麼這個小地方連家像樣的柏青哥店也沒有。她嘮叨起來真的很煩人。」中村說：「不用騙我了，你休息時經常在看六法全書，以為別人看不到嗎？你是會去上面的人，署裡的人都這麼說的。這次的案件，頭功讓給你了。既然是你認識的人，你心裡應該已經有一些線索了吧。」日向搖搖頭說：「我和她高中畢業後就沒再聯繫過，上次有她的消息，已經是七八年前的事了。」

這時候鐵道橋上有一趟列車開過，發出很大的聲音，兩人不能再繼續談下去。列車開過之後，兩位刑警看在現場也沒什麼別的可做的，就吩咐警員收拾遺體，然後回署裡去了。回到署裡，向課長報告之後，課長決定了這是一起殺人事件，以「花水川鐵道橋殺人事件」為名立案，派日向和中村作為主要調查員調查。日向雖然和死者高中時是同學，但對這起案件有幫助的訊息什麼也沒有，所以調查不得不從零開始。首先兩人來到發現屍體的小學生所在的學校，在教員室和這兩個小學三年生談了談。兩個小孩是在早上七點多從河邊的馬路走去學校的路上發現遺體的。兩人一開始看到河邊有一塊黑乎乎的東西，因為好奇心過去瞧了瞧，一發現是一個人，趕緊跑到最近的一家糖果店，告訴店裡的老婆婆。老婆婆和他們過去看了看，確認是一具屍體後，立刻打電話報了警。兩位刑警從學校出來，來到小孩說的糖果店，和那位老婆婆談了談。老婆婆說在路口開糖果店開了二十幾年，住附近的人她都認識，但是死者這位女性老婆婆並沒見過，應該不是本地的人。日向和中村討論了一下，從死者遺體的僵硬程度來看，應該是前一天晚上被害的。也就是說，這位女性前一天晚上從別的什麼地方來到這裡，在這裡和兇手相遇，被害後遺體一晚上躺在這裡，直到第二天早上被小學生發現。日向向署裡請調了另外兩名刑警，一起到鐵道橋附近的人家打聽，問這兩天有沒有人見到過被害人長相和穿著的人，或者什麼別的可疑的人。這一天一直到最後，這附近說見過被害人或別的什麼可疑人物的人一個也沒出現。

下午一點左右，被害人的身分的情報出現了。因為中午的地方台新聞播了這個案件的新聞，說死者身分不明，她工作單位的課長看到這段新聞，就打電話到署裡說，這大概是他們課室的人。中村讓他來署裡認一下，課長坐計程車來了，日向和中村把他帶到停屍間，給他看了死者的遺體，課長確認說，這就是他的下屬。今天早上他還奇怪為什麼她沒來上班也不通知一聲，沒想到發生了這樣的事。這樣被害人的身分就明白了。被害人叫小林昌美，年齡二十八歲，是大型製藥公司K社在平塚市的辦事處的職員。如果之前還有什麼顧慮的話，聽到這個名字，日向確信這就是他的高中同學小林昌美了。課長回憶說，他記得簡歷上小林的老家是在九州的L市，大學畢業後就進入K社工作，在他手下幹了也有四年了。在課室裡，小林這個人並不怎麼突出，性格也比較沉默，工作倒是特別認真，總能把交給她的活一絲不差地做好，但是本人好像沒有什麼上進心，對升遷之類的事從來不積極。在課室裡她是年齡最大的女職員，和她同時進入課室的女職員，最晚的也在兩年前結婚離職了。好像也沒見她在和男性交往，這四年裡，沒見過工作關係以外的男性來公司找過她。她和女職員的關係也不是特別好，下班時別的女職員約她去喝酒唱歌，她經常都拒絕。當然，雖說對人有些冷淡，她不像是能和什麼人結仇的人。關於小林，課長一時能想起來的就這麼多了。課長確認說，小林前一天工作到下班時間才走，下午五點之前一直都在課室裡，五點剛過就很自然地下班走了，他不記得有什麼異樣。中村問課長，他們公司的辦公地址離花水川的鐵道橋有多遠，課長用手指比劃著幫助計算，想了一會兒後說大約有三公里。也就是說，從小林的公司走到她被害的地方要將近一個小時。

下午三點左右驗屍報告出來，死者除了三處刀傷之外身上沒有別的傷痕，血液中沒有藥品的殘留，死因的確是失血過多。推斷死亡時間為前一天晚上六點至十點。另外案件現場地上兩灘血跡的確都是死者的血。日向和中村討論了一下，如果從地上兩灘血跡判斷小林被害前在現場與兇手有過爭執成立的話，那她就不會是在別處被殺，然後被搬到鐵道橋下的。小林五點之前都在公司的課室裡，也就是說，她是在五點之後通過什麼移動手段自己來到鐵道橋附近，在這裡被害。這裡有兩個疑點，一個是她的移動手段是什麼，是走路呢，還是坐巴士或計程車。一個是她為什麼要到鐵道橋附近，附近的居民都說以前沒見過她那張臉，那裡絕不是她經常去的地方，這次她去那裡一定有什麼特別的理由。關於第一個疑點，中村派了幾個警員在小林公司到鐵道橋的徒步路徑上，還有巴士和計程車公司，去打聽有沒有見到過被害者的人。至於第二個疑點，死者已經不會說話了，所以只能猜測。最大的可能，是死者與兇手認識，被兇手叫到了那個地方，像飛蛾撲火一樣，自己奔赴了死路。

一天各處打聽下來，日向回到家裡已經是晚上七點多了。妻子慶子正坐在廳裡看電視，聽到他的聲音就說：「回來了？」。他們住的是榻榻米地板的平房，雖然他老婆說更願意住西式的公寓，但是還是這種老房子租金比較便宜些。慶子手裡拿著一包米餅正一邊嘎巴嘎巴地啃著一邊看一集娛樂節目，日向脫下西服，解下領帶往靠椅上一扔，慶子轉頭看他說：「今天有案件？」日向說：「殺人案。飯呢？」慶子依依不捨地繼續盯了電視幾秒鐘，才站起來，進去廚房端了飯菜出來，擺在矮桌上，然後又坐到電視前。菜有醬油燒魚，炸豆腐，蘿蔔絲，納豆拌小魚幹，還有味噌湯。日向坐在桌前喝湯吃飯，聽到電視裡一陣陣傳來笑鬧聲，覺得異常刺耳，就朝慶子喊了一聲：「把電視關掉，吵死了！」慶子聽了就伸手把電視關了，然後拿起電視桌上放著的一本雜誌翻看起來。日向這時覺得心情特別惡劣，什麼東西吃到嘴裡都不是滋味。他嘗了一口醬油燒魚，朝慶子吼了一聲說：「你這醬油燒魚放糖了吧？我不是跟你說過很多次，醬油燒魚不要放糖嗎，啊？我在外面累死累活賺錢給你交房租，給你伙食費，你連做道菜這麼基本的事都做不好？就知道看電視，看電視！」日向說著把筷子往榻榻米上一扔，筷子上附著的醬油濺在榻榻米上，形成幾個褐色的圓點。慶子趕緊縮著身子走過來，跪下來拾起筷子，在日向面前擺好，然後拿起桌上的抹布擦拭榻榻米上的醬油點。

日向也不再動碗筷了，坐在那裡看著唯唯諾諾地忙著的慶子。二十六歲的慶子留著金太郎式的短髮，頭頂梳一束小辮，兩側的頭髮夾著的臉頰白裡透紅，臉型姣好，眼睛水靈。慶子上身穿一件米黃色的羊毛衣，下身一件淺綠色的過膝裙，顯得很素。以慶子這樣的身材臉蛋，只要穿得稍微豔一點，走上街一定會被人搭訕的。日向若有所思地坐了一會兒，走到慶子背後，撩起她的裙子。慶子這時停下了手中的動作，保持著四肢著地，翹著屁股的姿勢。日向在慶子渾圓的屁股上揉捏了一會兒，剝下她的黑色蕾絲邊底褲，把她一叢陰毛中的褐色的性器官亮了出來。日向用手指撥弄了這器官一陣，下半身那個東西硬起來，他就解開褲子，掏出那東西，往慶子的器官裡塞進去。大約五分鐘後，日向在慶子身體裡宣洩了一次，掏出那東西，坐回到地上。慶子穿上底褲，用幽幽的口氣說：「要是有了小孩怎麼辦？」日向說：「再說吧。」

日向點了一根煙，慶子拿了一個煙灰缸過來放在桌上，又坐回剛才的地方去看雜誌了。日向透過自己吐出的煙霧看著慶子，心想，自己怎麼會和這個女人結婚了呢？慶子是日向在大學參加的一個叫離奇現象研究會的莫名其妙的同好會的後輩，比日向小兩屆。也就是在大三大四那會兒，日向開始認真考慮了自己和女人的關係。他那時想，一個男人沒有女人來解決性需要果然是不行的。但是女人並不是那麼容易能得到的。如果是個帥哥，要得到女人很容易，經常換女朋友也沒問題。如果是個醜八怪，那也可以趁早絕望了。像日向這樣不是帥哥，但也說不上醜得不可救藥的處境最為尷尬。女孩們好像總是表示：「你只要再努力一點，再努力一點，我就給你」，這使他一方面又不能放棄希望，一方面又常常疑問只是為了晚上能和女人睡覺要為她們做這做那到底值不值得。在研究會認識大一時的慶子的時候，她是個很外向，很好動，話很多的女孩，給人感覺好像很容易弄上床似的。所以日向和研究會裡好幾個其它男生一樣，抱著很快和她來一次的目的接近她，沒想到他們都沒得手。慶子的內在其實很保守，對非禮的事有很強的抗拒，要攻陷她比從松阪大輔手上拿一個全壘打還難。後來有一次機會，日向和慶子談話時得知慶子最大的願望就是嫁個人，給人做太太，日向就給了她一個婚姻關係的承諾。後來日向畢業後一進警察署任職，兩人就立刻結了婚。日向相當於是用婚姻關係換了慶子的性器官的使用權。對他們的婚姻日向覺得沒有什麼不合理的，他也不是帥哥，也不是有錢人家的公子，除了婚姻，他還能拿得出什麼，能讓一個女孩每晚陪他睡覺。

前一天調查犯罪當時的目擊證人沒有結果，第二天的調查，以兇手是被害人認識的人這個假設為基礎，刑警們開始查探被害人身邊的人。首先從小林工作的地方開始。早上日向和中村來到K社平塚市辦事處，這個辦事處在平塚市東邊一棟辦公樓裡有一層地方，分成兩個課室，營業一課和營業二課。營業一課負責K社在平塚市的貨物流通和宣傳，小林所在的就是營業一課。除去小林，營業一課包括課長在內只有七個人，日向和中村和他們每個人都談了一次話，也只用了不到半小時時間。和小林的同事談話沒得到什麼有用的訊息，每個人說的都和前一天課長說的差不多，說對小林除了工作認真之外，沒有其它方面的印象，也不知道她會和什麼人結仇，案發當天沒看到什麼異常舉動。只有一個女職員提供了一條證詞，她辦公的位子在小林旁邊，她記得小林前一天在下班之前接到一個這樣的電話，那時小林說：「你在那裡等著，我下班後過去找你」。中村問說：「那時小林的情緒是怎麼樣的？」女職員說：「沒什麼特別的，像是談工作的口吻。但是當時聽昌美那樣說，聽得出她要去辦一件私事，所以有點在意，就記住了。」中村問說：「電話那頭的會是什麼人你有什麼猜想嗎？」女職員搖頭說不知道。

刑警在這裡還有一件事想知道。中村問課長有沒有小林住處的地址，課長想了一下說沒有，他們這裡沒有員工私人住址的記錄。中村又問，那有沒有誰知道小林住在哪裡，課長抬起頭來對課室裡的幾個人喊話：「誰知道小林住在哪裡？」兩、三秒鐘後一個女孩抬起手來說：「我知道。」中村說：「能告訴我地址嗎？」女孩說：「我不知道地址，但是我去過兩次，知道怎麼走。她家就在這附近，走十分鐘就到了。」中村說：「那你能帶我們去嗎？」女孩朝課長看了一眼，課長揚揚手說：「你就帶刑警們去。這可是殺人事件。工作可以稍後再做。」女孩於是朝兩位刑警一點頭說：「你們跟我來。」

這名叫美紀的女孩年紀二十四歲，進Ｋ社工作兩年多了。她說前兩次去小林家是因為課室裡的女員工輪流一起到一個人家做飯，輪到去小林家，不然小林是不會主動邀請別人去她家的。她自己住一間七疊的公寓，有一小間廚房能燒簡單的飯菜，但是她性格太沉默，大家去她那裡，都是別人在說話，她自己幾乎不張口，所以去了兩次大家就不再去了。美紀說：「但是她和南好像相處得還不錯。」日向問：「南是誰？」美紀說：「南晶子，我們課室的一個前輩，我進課室不久她就結婚辭職了。她好像和小林是同時進公司的，我記得她在的時候，還可以見到小林前輩有說有笑的樣子。」日向說：「這位南前輩，你有她現在的聯繫方法嗎？」美紀說：「我手機裡還有她的號碼，如果她沒換電話的話，你們應該能通過這個號碼找到她。」日向於是掏出手帳抄下了美紀報給他的南晶子的號碼。

這時三個人已經來到了小林住的公寓前面，圍牆開口對著對著一條小街，樓身上掛一塊看板寫著「落日莊」，兩層的樓身上下各有五間房，簡單的結構一目了然。中村對美紀說她可以回去了，美紀就行了禮告辭走了。中村打電話回警署，讓署裡的人查一下這家叫落日莊的公寓的負責人。五分鐘後警署打回電話，給了公寓管理人的名字和電話，中村就給管理人打了電話過去，讓他到公寓前面來一下。大概是就住在附近，兩、三分鐘後，管理人過來了，是一個五十歲左右的小個子老人。中村向他出示了警察證後，問他：「小林昌美是不是住在這裡？」管理人點頭說：「是，就在上面第二間房。」兩名刑警朝管理人指的地方看了一眼，中村說：「小林昌美因為殺人事件已經亡故了，現在為了調查案情，我們想進她的房間看看，可以嗎？」管理人露出驚訝的表情，瞪大了眼說：「小林，被殺了？真的？我是帶了主鑰匙，可以開她的門進去。」中村說：「那就麻煩你了。」管理人於是帶著兩名刑警踏著鐵質樓梯上到二樓，來到從裡往外數第二間房間門前。管理人從口袋裡掏出鑰匙，一邊開門一邊說：「如果小林死了，我這間房間該怎麼處理呢？」中村說：「至少要留到她的親屬來把遺物搬走吧。那之後就隨便你了。」

三個人開門進去，玄關正面馬上是一間七疊的榻榻米的寢室，右手邊是廚房和衛生間。從寢室的狀況立刻可以看出小林是一個人住在這裡，靠牆一張單人床，中間一張正方矮桌，另一側牆邊放著一張兩層的書櫃，一切都收拾得整整齊齊，看不見一樣淩亂擺放的物件。刑警脫鞋走進去，拉開壁櫥，裡面掛著七、八套衣服和裙子，大部分看起來像是工作時穿的。壁櫥下面有三個抽屜，刑警一一拉開，第一層是放著證件、會員卡、銀行存摺之類，中村打開存摺，裡面記著的存款數額為四百萬日元，中村把存摺遞給日向，日向就用手機把帳號拍了下來。中村問日向：「你現在一個月存多少錢？」日向說：「我每個月的工資基本不剩下什麼，但是我這裡是兩個人。一個年薪三、四百萬的公司員工，一個人生活，四、五年存下這些錢沒什麼問題。」後來他們到瑞穗銀行查的時候，確認存摺上的錢都還在銀行裡，沒有人動過。第二層是內衣褲。第三層是一些浴巾、抹布、拖鞋、購物袋之類。

兩人又移步到床鋪前，掀開枕頭被褥看了看，下面沒藏什麼。又走到書架前，看了看裡面擺的東西。書架裡放著一些CD和書。CD有四張，都是中島美雪的歌。書籍大大小小十幾本，大致可以分為三類，一類是和棒球選手鈴木一郎有關的書，《一郎成功學》、《一郎訪談錄》、《我的好友一郎》之類。一類是司馬遼太郎的歷史小說，《關原》、《花神》、《項羽與劉邦》等幾本。一類是陶藝有關的書，《制陶入門》、《陶器名品圖鑒》之類。中村隨手掏出一本翻了翻，沒發現書裡夾著什麼。中村自言自語地說：「一郎，歷史小說，陶藝，真是讓人有些摸不著頭腦的喜好啊。」日向說：「我一點不記得她高中時有這些喜好。高中時學校棒球隊去比賽，她能謊稱生病不去看，現在會是一郎的粉絲，不可思議。」兩人又走到廚房裡，這一米寬兩米來長木頭地板的空間裡有一個瓦斯爐、一個碗櫃、一個冰箱。打開碗櫃，裡面除了餐具之外沒別的東西。打開冰箱，冷凍櫃裡凍著一條魚，冷藏櫃裡有白蘿蔔、土豆、蔥、前一天的剩菜，還有啤酒。冰箱門內側的槽上放著幾瓶酸奶，是日清酸奶皮魯庫魯，六十五毫升小瓶裝的。看到這紅色標簽的酸奶瓶子，日向腦中浮起一個模糊的印象，小林好像高中時就喜歡這個牌子的酸奶。中村把一瓶酸奶拿在手中，若有所思地看了看，說：「奇怪，為什麼她不買大瓶裝的呢？既然要買這麼多，買大瓶裝的不是更實惠嗎？」日向說：「小瓶容易控制攝入量吧。她可能有一個習慣，每天早上起來喝一瓶什麼的。」

總而言之，日記、信件，或者別的什麼記錄了她和假定的兇手的關係的證物，這間公寓裡像是沒有了。兩人穿上鞋走出門外，管理人還在門外等著，中村吩咐他說和家屬取得聯繫之前不要急著把屋子租出去。走到外面的街上，看時間已將近正午，兩人商量了一下，決定先回警署，把目前為止的調查情況向課長報告一下，吃個午飯，然後試試聯繫剛才美紀提起的那個叫南晶子的女性。兩人回署裡的路上路過日本鐵道平塚車站，就在那裡買了兩份車站便當。

剛走到警署門口，就聽到裡面有嘈雜聲，兩人走進大廳，往會議室裡探頭一看，原來是署長在會見記者。被七、八位記者圍著的署長正神色嚴肅地解釋著什麼，大概是說被害人身分已經清楚，犯人還不確定，警方一定努力破案，也希望廣大群眾配合，見到可疑人物及時舉報之類。中村和日向到課室裡向課長做了簡單的彙報，然後走到休息室裡，打開剛才買的便當吃了。接著日向用署裡的電話打了剛才美紀留下的號碼，打通了之後對方一報姓名，果然是南晶子。日向說：「小林昌美你認識吧？」南說：「對，是以前的同事。」日向便告訴了她小林被害的事，南聽了之後發出一聲很驚訝的聲音，然後四、五秒鐘沒有反應，日向呼叫了她幾聲，她才用微弱的聲音說：「對不起，我不知道該說什麼好，我很震驚。」日向說：「關於這起案件，我們有一些不清楚的地方，希望你能提供一些訊息。你能到署裡來一下嗎？」南說：「我願意去，但是我現在在東京辦一些事情，要今天傍晚才會回平塚。」對方不是嫌疑人，日向也沒什麼理由要她放下手中的事馬上過來，便說：「那請你回到平塚之後馬上來署裡一趟，可以嗎？」南答應了之後，日向就放下了電話。

下午兩點左右，一個刑警打電話給中村報告說，找到一個在案發那天見到過被害人的人，是一家咖啡屋的老闆，說那天下午六點左右有個長得很像被害人的人到過他的咖啡屋。中村問了咖啡屋的名字和地址，然後就和日向過去了。來到咖啡屋，老闆似乎早有準備，正候在門裡，刑警自報了身分，還沒說別的，老闆就說：「是兩天前的殺人事件的事吧？」「那天從下午三點到晚上九點，我都和這位服務員朱美一直在店裡。她是六點剛過的時候來的，一個人，穿著黑色的制服，進了門就點了一杯咖啡，然後在那張靠牆的位子坐下。坐了大約二十分鐘，也沒有和別的什麼人會面，還是一個人走了。」日向掏出小林的照片給老闆看，問說：「你確定是這個人嗎？」老闆說：「她坐了二十分鐘，她的樣子我記得很清楚，不會錯的。」旁邊抱著一個盤子的服務員朱美也說：「我也記得很清楚，就是這個人。」中村和日向走到老闆指的那個位子，這是一張靠牆的四人桌，褐色的木質桌面上擺著一個放菜單的鐵絲做的小支架，挨著的牆上掛著一幅二十釐米見方的黃銅邊框的小幅油畫，畫的是一個西洋的農婦在喂小雞。中村問朱美：「是你接待她的嗎？」朱美點頭說：「是。」中村說：「當時她的情緒怎麼樣？」朱美說：「她好像在為什麼事情很緊張，一直低頭盯著桌面，一動不動，雙手握成拳頭放在桌上。」中村坐到那個位子上，做出朱美說的姿勢，然後抬頭說：「是這樣嗎？」朱美說：「就是那樣。然後我想向她介紹今天的特價套餐，站在她旁邊叫了兩聲她都沒有反應，叫她第三聲的時候，她才猛地朝我轉過頭來，臉上的表情，怎麼說呢，好像被驚嚇到似的。」中村說：「然後她說了什麼？」朱美說：「然後我就向她介紹特價套餐，她聽了後說不要，我就走開了。」中村說：「那她離開的時候大約是六點二十分，對嗎？」老闆說：「對，六點十五分的時候我看了一次鐘，她是在幾分鐘後離開的。」

從咖啡屋出來後，中村提議說走到小林的公司去，日向說：「還要在她的公司調查什麼事嗎？」中村說：「沒有，就是走走。」日向突然想到了中村的用意，覺得自己很傻。兩人往小林的公司走去，步速平緩，中間中村還停下來買了包煙，但是兩人都沒有悠閒的心情。走到了K社辦事處的樓下，日向抬腕看表，說：「三十五分鐘。」中村說：「我們這樣的步速已經很慢了，她是要去赴約的，步速不會更慢。」日向說：「小林五點從公司出來，六點到咖啡屋，但從公司到咖啡屋只要三、四十分鐘。也就是說，小林從公司出來，到進咖啡屋之前，有大約二三十分鐘的時間，她去了別的地方。」中村露出凝思的表情，自言自語地說：「她會去哪裡呢？看起來她是知道去見那個人是有危險的，她心裡抱著被害的預感，會去什麼地方呢？難道她一開始是準備去報警，走到警署前面，猶豫了一會兒，又沒進去？」日向說：「我還有一個疑問，她為什麼要在咖啡屋坐二十分鐘呢？難道她在等什麼嗎？」中村說：「這個我大概能猜到。她在等天黑。這個時節平塚六點二十左右天色就已經很暗了，走在街上，要是沒有燈照著，人的臉是看不清的。她想趁著天黑去和那個人會面，因為她不想別人看到她和那個人在一起。他們的關係是不能公開的。也因此我們的人一個犯案當時的目擊者也沒找到。」後來他們又從咖啡屋走到鐵道橋下，用了將近四十分鐘。K社辦事處，咖啡屋，鐵道橋，並不在一條直線上。

兩人回警署的路上，日向的手機響起來，他打開一看，是上原浩太郎的號碼。一接聽，就聽上原在電話裡說：「俊一，我看到新聞了。那個死了的是我們的高中同學小林昌美嗎？」上原是日向高中時的同班同學，大學畢業後也來到平塚，在這裡工作居住，太太是他大學時打工的地方的經理。因為同班同學在平塚的日向只知道上原，所以兩個人經常保持聯繫，幾乎每半個月就會一起出去吃一次飯。日向說：「沒錯，就是那個小林昌美。」上原說：「太讓人吃驚了。她為什麼會在平塚？」日向說：「我調查的時候也很吃驚。她在平塚工作已經四年了，住的地方竟然離我家只有十五分鐘的車程，而我居然一次也沒遇到過她。」上原說：「犯人有什麼線索嗎？」日向說：「還在調查中。」上原說：「真想跟你聊一下啊。晚上能一起吃飯嗎？」日向說：「行。雖然有案件，我們也是要下班的。」

南晶子是在五點十五分左右到署裡來的，等在那裡的中村和日向馬上把她接進課室裡。這時課裡別的警員都已經下班走了，五、六張桌子空著，日向從旁邊拉過兩張椅子，三個人在日向的桌前坐下。中村按例先向南問了一些她的基本情況。南晶子年齡二十八歲，原本和小林在同一個課室裡工作，兩年前結婚辭職了，結婚對象是之前有過業務關係的公司的一個課長。雖然說兩年沒工作，南的動作語氣中依舊能看到以前營業員工作的影子，一口標準的東京話，大多數時候都不忘使用敬語。其實南是關西出身，東京話是到東京上大學時才學的。中村問她：「你和被害人小林是什麼關係？」南說：「朋友。很好的朋友。以前在公司裡時，我應該是她唯一一個能稱得上朋友的人。當然我自己也不是有很多朋友的那種類型。後來我辭職以後我們還經常一起出來吃飯。上個月我還和她去看了一場電影，那個可可香奈兒的傳記。我們無話不說，包括男人的事。」中村警覺到：「男人的事？是指她和男人的事？」南說：「她和男人的事，我和男人的事，都有。」中村說：「但是我們去她的公司調查的時候，公司的同事都說不知道她有和男人的關係。」南說：「那不奇怪，她那些和男人的關係都是不能公開說的。每次都是和有婦之夫，你知道我的意思吧？就是不倫。」中村掏出手帳說：「關於這一點，你能不能詳細地談一談？我們相信這對破案會有很大幫助。」南說：「我可以告訴你們，那幾個和她交往過的男人的名字和身分，我可以都告訴你們。因為她總是把這些事藏得很深，也沒有記日記的習慣，這世上可能除了我沒有別人能告訴你們這些事了。但是我覺得在這幾個人中應該沒有犯人。」中村說：「你為什麼這麼覺得呢？」南說：「因為事情都已經過去了。這幾個人中和她交往的最後一個人，應該也已經在三個月前和她分手了。我每一兩星期就會和她見一面，她和別人交往，什麼時候已經結束了，我能很清楚地看出來。已經分手的人，沒有理由還要害她吧。」

南提供了三個人的名字，按他們和小林交往的先後順序，最近的一個叫取尾直人，是大型廣告公司T社在神奈川的分部的部長，和小林的交往應該是去年六月到今年三月之間。清田道男，拉麵屋「一品」的老闆，和小林交往應該是去年年初到六月。原野義夫，貿易公司Y社的社長，應該已經退休了，和小林從三年前的五月到前年年底，差不多有一年半的交往。記下了這些訊息之後，兩名刑警覺得沒什麼還要問南的，就讓她走了。這時時間已經過了六點，兩名刑警討論了一下，決定今天先回家休息，明天開始對這三個人物進行調查。日向接下來要去和上原吃飯，中村要回家和女兒吃飯。中村一邊往警署外走一邊說：「今天是她生日，說好了晚上家人一起吃飯，我這麼晚回去，她該生氣了吧。」日向說：「中村的女兒多大了？」中村說：「十三了，這次應該是最後一次和她一起過生日吧。」日向一愣說：「為什麼？」中村說：「女孩到了十三、十四歲，就不會再要爸爸陪了。明年的生日大概會和朋友一起過吧。到了這個年紀的女孩，爸爸就開始變成一個話說不通，穿著邋遢，表情猥瑣的糟老頭，唯恐不能躲得遠遠的，每家每戶不都是這樣嗎？」中村這麼說著，往光線黯淡的街道紮進去，一下變得難以辨認了。

日向來到他和上原常去的居酒屋，上原已經點了一瓶燒酒在裡面等他了。日向脫了鞋上席，女侍過來，兩人就點了燒雞肉、生魚片、米飯和配菜。見日向坐下了，上原便給他倒了一杯酒說：「這一天都在調查小林的事吧？」日向說：「對。」上原說：「你真的不知道小林來了平塚？」日向說：「真不知道。高中畢業後就沒再和她聯繫過，最後一次從廣志那裡聽說她的消息也是七、八年前的事了。」上原說：「我今天看到新聞時還在想，該不會是你一直都知道小林在平塚，私下裡和她交往，都不告訴我。」日向笑說：「怎麼會呢，我和小林又不熟，怎麼會有那種關係。」上原說：「小林為什麼會來平塚呢？難道是像我們一樣，本來想去東京，沒去成，落草到這鄉下？」日向說：「要是這樣的話，她不願意聯繫我們就合理了。」上原又給日向添了酒，兩人碰了杯，上原說：「想當初我們那一夥人，信誓旦旦地說要到東京幹一番大事業，結果真的到東京的一個也沒有。最後不是在埼玉就是在神奈川，最近了一個到了練馬，要讓人知道當初我們那些誓言，真是會被人笑死。」日向笑說：「練馬也是東京啊。」日向上原說：「在我眼裡，東京就是銀座、新宿、六本木、澀穀，除此之外都不是東京。」日向說：「我可還沒放棄夢想呢。」上原說：「你還想著去東京？」日向說：「一定要去的。我要調到都廳去，堂堂正正地到千代田的本部大樓去上班。」上原說：「你算是執著的了。」日向說：「大學時候第一次到東京玩，和人說話，別人一聽出我的九州口音，態度馬上很奇怪。我受不了那個態度，就因為我的口音，把我看得低人一等。所以我要進權力機關，要以有權力的人的身分再去東京，那時誰也不能再看不起我。你以為我真的喜歡抓那些殺人犯嗎？我當警察，只是因為這是國家機關，有機會進權力中樞啊。只要跟履歷表沒關係，誰殺了誰我根本不關心。我只要把和往上升有關係的考試和報告做好了就夠了。」

這時女侍把飯菜端上來，有一會兒兩人都沒說話，只管吃東西。然後上原又開口說：「要是提到小林，就不能不提廣志了。我們那夥人裡，只有廣志是高中時就交到女朋友的，那時真是讓我們羨慕死了，你沒忘吧。」上原說的是他們高中時的同班同學真田廣志，經常和日向上原他們在一起玩的，也是小林高中時的交往對象。上原說：「廣志那傢伙，整天腦子不知道在想什麼，前兩年聽說把家裡的地拿一半去賣了，開了一家網絡咖啡屋，沒多久就倒閉了。最近又聽說他在買賣一些莫名其妙的證券。那種性格的傢伙，小林到底是看上他那一點呢？」日向說：「好玩吧。你不覺得嗎？聚會的時候只要有廣志在，氣氛好像總是特別愉快。」上原說：「你要這麼說倒也是。不管是誰，只要站在他身邊，都像是正經人。」日向忽然從心底生出一個陰鬱的衝動，用力撇出一句話來：「小林現在應該還愛著廣志。」上原停住手上的動作，抬頭看日向，兩三秒後才反應說：「不會吧，我是聽說他們畢業後不久就分手了。」日向說：

「小林是那種一愛上一個人就會愛得很深的人，要是她愛上一個人，就算是分手了，她還會一輩子愛下去。我覺得她就是這種人。」

上原停頓了幾秒鐘，吃了一口菜說：「又來了嗎？我有沒有跟你說過，只要提起小林的事，你總會有一些特別的見解。還記不記得那一年的試膽比賽，我們慫恿小林順著繩子爬到一口井下面再爬上來，小林就爬下去了。後來第二天我們聊起這件事，我們幾個都在為小林的大膽讚口不絕的時候，只有你忽然說，小林其實膽子很小，只是因為臉皮薄，受不了我們的慫恿，才故意裝作沒事的樣子爬下去。」日向意外地笑了一下說：「什麼？我說過這樣的話？」上原說：「你說過。在好幾個別的場合你也有過類似的發言。我們都說小林可愛，小林人很好，只有你說小林其實性格內向，不喜歡和別人交往。在小林的事上，你總是有特別的見解。好像你比廣志，甚至比小林自己還瞭解她。我不知道是怎麼回事。」日向低頭沉思了一下，他不覺得上原這番話是對他的表揚，反而是引起了他心中的某種不安。他想了一會兒後說：「我說小林還愛著廣志不是沒有根據的。因為我見過她為廣志哭。」上原說：「怎麼回事？」日向說：「那天她和廣志吵了一架，我也在場，吵完之後廣志一甩手就走了，小林就在原地哭起來。當時她那種哭的樣子，不管誰看到了，都不會懷疑她是真心愛著廣志的。你當時要是在場你肯定也會和我有同樣的想法。那時我就覺得，她一定一輩子都會記著廣志。那絕不是什麼因為無聊和人交往的女高中生能拿出來的感情，但是小林就能這樣愛別人，她就是那種性格。我想在她遇害臨死前的那一刻，她也許都還在想著廣志。」上原望向一邊沉默了片刻，然後說：「你是說她在你面前哭起來，哭得傷心欲絕？」日向忽然感覺有些窘，好像受了什麼誤會，急忙解釋說：「因為，我和她和廣志經常三個人在一起嘛，她不會對我太見外。她之前一定也為廣志哭過好幾次了，那一次只是碰巧讓我撞見。純粹的偶然而已。」上原若有所思地說了一聲：「是嗎」，然後把杯裡的酒一飲而盡。

第二天早上日向和中村馬上開始了對前一天南提到的那三個人的調查。首先是取尾直人。他們來到離警署約有二十分鐘車程的取尾的公司，進了前廳，向接待亮了身分，然後問她們能不能見取尾。兩個接待小姐中的一個打了個電話，然後說：「部長可以見你們，你們直接到他的辦公室去吧。」又指給他們看上樓的電梯。這是一棟小型的辦公樓，有五層，取尾的辦公室就在第五層。搭電梯上樓，穿過走道，走進取尾的辦公室，取尾就坐在迎門的辦公桌後正對著他們，穿著一套一看就知價格不菲的西服。兩人走到辦公桌前亮了警察證，問他說：「取尾直人先生？」取尾保持著坐姿說：「是我。」中村說：「小林昌美被殺一案，你知道嗎？」取尾說：「知道，我看到新聞了。」中村說：「關於這個案件，我們想向你打聽一些訊息，不知道能不能麻煩你。」取尾說：「沒事，請坐吧。」中村和取尾於是坐到辦公桌前的沙發上，取尾仍然以同樣的坐姿坐在辦公桌後面。中村先向取尾問了一些基本情況，取尾直人，廣告公司T社神奈川分部部長，三十九歲，已婚。中村說：「三十九歲就能坐到部長的位子，很少見呢。」取尾說：「我們公司是比較注重能力的。」

中村說：「你和被害人小林昌美是什麼關係？」取尾說：「我和她交往過一段時間。」中村說：「那是什麼關係？戀人關係？」取尾說：「需要我明說嗎？我是有老婆的人，不倫這種事，誰也不能輕易說出來吧？本來以為沒有人知道就過去了，沒想到她居然會攤上殺人案這種事。」中村說：「你和小林的交往什麼時候開始的？有過多久？」中村做出回想的表情說：「去年六、七月到今年三月，大概有八九個月吧。」這個時間和南的證詞一致。中村說：「你們的關係是因為什麼緣故結束的呢？」取尾說：「性格不和。具體一點說吧，就是她快三十的一個女人，很多想法還像個小女孩一樣，我這邊可有很多大人的事忙不過來啊。說什麼要我放下手上的事，和她到很遠的地方開始新生活，我怎麼可能做到呢？首先我老婆就不會同意啊。我跟你們說說我和她是怎麼開始的吧。我和她本來是因為公司業務關係有點聯繫，互相留過電話。業務結束之後過了差不多一個月，這天晚上十點多，我在家裡接到她的電話，她問我會不會換燈泡，再一問，原來是她公寓裡的燈泡壞了不知道怎麼辦。我想這種事她怎麼會找我呢，但是我還是到便利店買了一個燈泡，到她那裡去，幫她把燈泡換了。那晚我就在她那裡和她睡了。說實話，我有一點後悔，我一直在想，她說的換燈泡會不會只是個藉口，真正的目的是找個男人陪陪她。要不然一個二十七、八歲的在社會上工作的女人不會換燈泡，那不是笑話嗎？和她的關係能在出什麼亂子之前結束，我本來是覺得挺走運的。」中村說：「你們之間的事我們已經聽清楚了。你們上一次聯繫是什麼時候？」取尾說：「我們有三個月沒聯繫了。」中村說：「只是作為參考，你六月三日晚上六點至十點之間在哪裡？」取尾說：「正巧那天我一直在這棟樓裡加班，到十一點多才走，我的助手也一直陪著我，他能幫我作證。」後來他們向取尾的助手取證的時候，確實得到了一致的證詞。

兩名刑警覺得已經不能在取尾這裡得到更多的訊息，正準備站起來要走的時候，日向在取尾的辦公室裡環視了一圈，注意到一樣東西。日向問取尾：「取尾先生喜歡司馬遼太郎嗎？」辦公室的書架上有一套硬皮裝大開本的司馬遼太郎全集。取尾說：「當然。」他朝那套全集看過去說：「每年先生的祭日我都會去他墓前參拜的。以我看來，司馬遼太郎乃是日本歷史小說，不，應該是日本文學中的第一人。比起夏目漱石，三島由紀夫之類過於自我中心的小說家，司馬先生在文學上展現出來的龐大的構架，包容的歷史觀，還有細膩的人文關懷，更加體現了日本人文精神的實質。日本近代文學史上其他人誰都不要，只要有司馬先生一人，日本的人文精神就能傳承下去，只要有司馬先生一人，日本文學就足以立足于世界文學之林。先生的作品我認為是日本國民每個人都不能不讀的。你們要是有時間的話也多讀一些吧。你們要是沒讀過，我可以給你們推薦幾本容易入門的。」日向和中村同時應說：「不用，謝謝。」

接下來是拉麵屋「一品」的老闆清田道男。這間拉麵屋離小林住的地方不遠，就在從她家到公司的步行路線上。兩名刑警走進拉麵屋時已經將近十一點，開始是吃飯時間，店裡的長台和幾張桌椅上坐著五、六位客人。店員有三位，一位女侍，一位夥計，還有一位年紀四十歲上下的人看起來像是老闆。中村對這最後一位說：「清田道男先生？」老闆點頭說：「是我。」中村和日向一起把警察證亮了一下，中村對他說：「我們想和你說幾句話，可以嗎？」這時店裡的客人目光都在中村和老闆之間來回移動著。清田說：「你也看到了，我現在挺忙的。」中村說：「就一會兒。」清田猶豫了一、兩秒鐘，才對夥計吩咐了一句什麼，然後帶中村了日向從後門進到拉麵屋的裡屋，又走梯子上到二樓，來到一個像是客廳的小房間。榻榻米地板的房間裡有坐墊、有矮桌、有神棚、有一扇朝著樓下街道的窗戶，刑警和老闆三個人誰也沒有坐，就站在那裡說話。中村像剛才問取尾一樣問了同樣的問題，清田也都照答了。清田道男，年紀四十二歲，在本地開拉麵屋已經超過十五年了，已婚，妻子四年前亡故，有一名現在十歲的兒子。他和小林從去年年初開始有差不多六個月的交往關係。

「我和她也不是不倫。我們開始交往的時候我妻子也去世已經三年了。我最早認識昌美差不多是三年前，那時她經常下班時間來我這裡吃面，因為是常客，我就記住了。我想她應該是外地剛畢業的大學生分配來神奈川上班的，她有九州口音嘛。不過除了把她當作客人，我一直對她沒有別的想法。直到去年剛過完元旦不久，有一天她很晚來，店裡就只有我和她，我就跟她聊了一會兒。她說她剛和男朋友分手了。我這邊因為老婆不在好幾年了，也比較寂寞，所以把這看成了一個機會，這也沒什麼錯吧，對不對？那之後我這邊主動製造了幾個契機，然後我們就開始交往。我可不是想和她玩玩，我是認真想和她結合的。最後是沒有什麼結果了，我問了她幾次，她都不答應嫁給我。我一開始以為是因為我這邊有孩子，她覺得麻煩，但了她談了幾次好像又不是。她好像心裡還在等著什麼人，也許在等以前那個男朋友回心轉意？有一點我敢肯定，我不是她在來到平塚後的第一個男朋友。」中村問：「你上一次和她聯繫是什麼時候？」清田說：「分手之後就再也沒聯繫過，有快一年了吧。以前我這家店就在她上班下班的路線上，她經過的時候，就算不進來吃，也會從外面和我打個招呼。分手之後，她改了上下班的路線，故意繞開我這裡，我也就再沒見過她。昨天在電視上看到她的事，好一會兒我才把電視裡說的那個人和我交往過的小林昌美聯繫起來。」中村說：「作為參考，你六月三日晚上六點到十點之間在哪裡？」清田說：「每天五點到九點是我們這裡最忙的時候，我一分鐘都走不開的，那天也一樣。那天九點過後，對了，我去街對過那間酒吧喝酒，把這裡的事交給夥計，這個你可以去問那酒吧的老闆娘。」後來兩名刑警向夥計和酒吧老闆娘取證，從清田從拉麵屋出去，到出現在酒吧裡，最多只有十分鐘時間，決不夠往返鐵道橋作案的。

日向在屋子裡瞄了一圈，在神棚上看到除了神位，供品，燭臺之外，還擺著一個橙色絨毛帶著棒球帽的布偶，是日本職業棒球巨人隊的吉祥物兔子。日向心裡閃過一個念頭，問清田說：「清田先生喜歡棒球？」清田朝那個吉祥物看過去說：「對，很喜歡。」日向說：「那你有沒有什麼喜歡的棒球選手？」清田不假思索地立刻應道：「一郎。除了一郎還能有誰？」一說到自己喜歡的棒球選手，清田的表情語調都變了：「我可是從歐力士二軍時期就開始關注他的。這麼多年看他一路成長過來，感覺他就像自己的弟弟一樣。開這家店剛開張的那年，還有過為了去看他的比賽把店關了休業一星期的事。後來他去美國，看他比賽的機會少了，但我都還一直關注他的新聞，報紙上一有他的新聞我就剪下來，都剪了好幾本了。難道這位刑警也是他的球迷？」日向搖頭說：「我不是。」清田於是露出失望的表情。

中村和日向按公司名字在企業名冊上找，發現原野義夫的公司Y社地址是在埼玉縣飯能市。飯能市離平塚市有七十公里的距離，雖說不是那麼遠，但要馬上過去也不太方便。日向於是按企業名冊上給的電話號碼先打了一個電話過去。接電話的大概是公司的前臺小姐，日向報上身分，說他想聯繫社長，對方就讓他等一下，說幫他接到社長室。大約十秒鐘後，又有人拿起了電話，是一個女人的聲音，語氣聽起來頗為謹慎。日向還是說：「我找你們社長。」女人說：「我就是。」日向愣了一下，說：「那原野義夫先生呢？」女人說：「家父一年前過世了。」日向趕緊在腦中判斷了一下，現在他們是因為殺害小林的嫌疑來找原野義夫的，如果原野一年前去世了，他就不可能是三天前殺害小林的兇手。日向心裡雖然有對於他和小林的關係的疑問，很想把小林的名字提出來，看看對方的反應，但還是打消了念頭，換了一個問題：「原野先生是怎麼死的？」女人說：「在家裡心臟病發，突然死去的。」日向以一種近似於釋然的心情點點頭，隨即又想到一個問題，問說：「請問你們公司主要是從事哪方面的貿易活動？」女人說：「美術品。特別是陶器。」日向重複了一聲：「陶器？」女人說：「對。有什麼問題嗎？」日向說：「沒有。我這邊沒有別的問題了。謝謝你今天的合作。」女人應了一聲「不客氣」，掛了電話。

放下電話，坐在一旁的中村沉默了片刻，開腔說：「司馬遼太郎，一郎，陶器，看起來都是她從和她交往的男人那裡學來的喜好。這孩子和男人交往，付出的不但是身體，連心也付出了。真正出自于她自己的喜好，也許只有中島美雪嗎？」日向說：「小林不是那種會隨隨便便和別人玩玩的人，她要是和一個人談戀愛，一定是很認真的，全身心投入進去的。」日向這時恨恨地想，這都是廣志的錯。有小林這麼好一個女孩愛他，他竟然還能三心二意，幹出一些傷害她的事。這個不知道珍惜的傢伙，這麼好一份愛放在他面前，他竟然可以揮手不要。小林難道自己願意在這些男人間輾轉，好像什麼不要臉的女人一樣，只為排解寂寞？要是有廣志陪著她，她需要這樣嗎？要是廣志是個像樣點的男人，好好和小林相依相偎，他們會多幸福啊。哪個男人不想被小林這樣的女孩愛一次，小林把愛給了他，真是糟蹋了。

兩名刑警向課長彙報，之前猜想有嫌疑的和小林交往的三個男人，現在都因為有不在場證明可以擺脫嫌疑。到此小林在平塚的人際交往也基本查清了，在她身邊的人裡，似乎沒有別的可以假定嫌疑的人。因此他們推測小林在別的地方認識的人從外地來平塚作案的可能性很大。小林過去的人際圈子推定有兩個，一個是她在高中畢業以前，在老家宮崎縣L市的人際圈子。

一個是大學期間在她就讀的東京澀谷區青山大學的人際圈子。三個人商量了一下，決定由日向和中村分頭行動，日向到老家L市調查，中村則去東京到青山大學調查。決定了明天開始調查之後，這天兩人就提早下了班回家休息了。

晚上吃完飯，日向坐在榻榻米上，看著在廚房洗碗的慶子屁股對著他，下半身不覺又衝動起來。他走到慶子背後，從後面伸手捂住慶子的胸部，把那兩團乳房握在手裡揉捏了一會兒，然後撩起慶子的裙子。慶子這時很少見地說了一聲：「不要。」日向說：「什麼不要？你的例假不是一星期前剛來過嗎？」他伸手剝慶子的底褲的時候，慶子側身抓住他的手說：「今天不要好不好？」日向說：「少廢話。」不由分說地把慶子的底褲退到膝蓋處，把手指往她的性器裡插進去。手指剛進去，慶子急忙說了一聲：「我有孩子了！」日向停住了手的動作，怔了一會兒沒動，然後說：「什麼時候的事？」慶子說：「今天去檢查，醫生說有一個月了。」日向說：「你剛才怎麼不告訴我？」慶子畏畏縮縮地說：「我怕你生氣。」日向說：「這種事，就算我會生氣，你也要告訴我的吧？你還想瞞著我怎麼著？嗯？」稍微停頓想了想，日向說：「就算有孩子，也不妨礙現在我和你做吧？」說著他又把手往慶子下面伸進去，慶子趕緊抓住他的手說：「醫生說了，為了胎兒的健康，我們最好不要做。」日向說：「什麼？那你是說從現在開始九個月還是十個月我都不能幹你了？」慶子說：「請你也為孩子著想一點。」日向忍了一會兒，悻悻地放棄了衝動，走到一邊用灶台旁的擦手布把手上粘乎乎的液體擦乾。慶子把底褲穿上，繼續洗碗了。

日向拿了一包煙走到院子裡，掏打火機點了一根。他們租的這套房子有一個四五平米大小的小院子，院子裡有一顆柿子樹，這時因為天黑，只能看到樹上的葉子反射附近人家的燈光，亮出一片模糊的灰點。日向一邊抽煙一邊針對剛才慶子說到的事想了一會兒。平時唯命是從的慶子，這時因為有孩子在肚子裡，竟然也大著膽子跟他對立起來，日向有一點對生活失去了控制的感覺。其實日向早就想過這是早晚要來的事，他幹慶子的時候幾乎從不用安全措施，除非慶子的生育功能有問題，否則什麼能夠阻止一顆精子爬到慶子的子宮裡變成一個蛋呢？不過從慶子口中聽說這個消息還是給了他一些意外的想法。每次幹慶子的時候，日向除了尋求自己的快感沒有別的目的，所以他一直覺得性交是一件美妙的事，這時候聽說了象徵著這件事的結果的孩子的出現，日向才第一次把他幹的事和他好幾次在路邊看到過的狗的交配行為聯繫起來。他實現了自己作為畜生的功能。日向腦中浮現了幾幅畫面。拿著攝像機給初生的嬰兒錄像，把磁帶拿出來寫上時間，記上「寶寶誕生紀念」，放在櫥子裡收好。和孩子在空地上玩接球，一人帶一個棒球手套，把球來回扔，他把球正好扔到孩子手裡時，孩子便叫道：「爸爸好厲害。」早上一家三口坐在廚房裡吃飯，孩子說：「今天媽媽做的早飯真好吃。」背上書包從門口出去，一邊說「我要去上學了。」這幾個快速從日向腦中閃過的畫面，他不知道確切是從哪裡來的，但毫無疑問的是這些都曾在他看到的電視屏幕上出現過。這幾個畫面給日向帶來的模糊的希望的光芒，隨即就被他開始想到的一系列現實問題沖黯了。老婆生孩子要和醫院打交道要花錢，生下小孩家裡多一個人吃飯要花錢，買嬰兒器材買玩具要花錢，供小孩上幼兒園上小學要花錢。最後日向悻悻地想到，我還沒發達呢，這世上就來了一個想瓜分我財產的傢伙。他把煙頭扔到地上踩滅，朝牆角罵了一句髒話，轉身回屋去了。

第二天早上日向六點出發，先到平塚車站坐東海道線往東京行的列車到小田原車站，然後從小田原車站搭東海道新幹線到大阪，轉山洋新幹線到博多，從博多再搭音速日輪列車到L市，在L市車站下車時，已經是下午四點了。當年日向從老家出發，到東京參加警察考試時，走的差不多也是這條線路。那時他想也不願想自己有一天會從這條線路再返回來。開始工作後的這五年，五個新年他都沒有回過老家，家裡人打電話來問，他總是以有公事推託。沒想到小林這個案子會讓他以公事的原因再回到這裡，真像是什麼人和他開了一個玩笑。

從車站出來，日向就直奔L市警察署，因為之前課長之前已經電話打過招呼，日向沒費什麼功夫就向對方署長說明了來意。署長問他們可以怎麼幫忙，日向說因為現在是假定犯人是和小林有感情糾葛的熟人，希望這邊的警署派人調查小林高中時候的人際關係，與什麼人有特別關係，與什麼人在她去東京上大學和工作後還保持著聯繫，特別是案發的前三天與她有過聯繫的人。日向這時猶豫了一下，因為他還沒有把這個人當作嫌疑人對別人提出來過，但這時他咬了咬牙說：「小林高中時有一個叫真田廣志的同學，希望你們調查一下。」署長露出驚訝的表情說：「真田廣志？」日向看看署長，又看看辦公室裡另外兩個人，那兩個人聽到這個名字也朝他轉過頭來。日向說：「你認識這個人？」署長說：「也談不上認識。這個人在我們這裡算是個小名人啦。去年地方選舉的時候，他也出來選市議員，在電視裡鬧了不少笑話，最後雖然沒選上，倒是讓全市的人都記得他的名字了。」署長又一皺眉頭說：「他和這個事件有關係嗎？」日向說：「我們只是知道他和小林在高中時有過交往，和事件的關係還不清楚。」他一想又說：「讓我親自去拜訪這個人吧。你們有他辦公的地址嗎？」署長說：「他現在的確好像是什麼非盈利團體的會長，是叫人與山與海創造更新會，對吧，渡邊？」坐在另一張辦公桌後的像是副署長的人說：「對，署長。」署長說：「那你把地址給日向警部助理吧。」渡邊想了一下，拉開抽屜，找出一本黑色硬皮記錄本，翻到一頁，把那個組織的地址抄給了日向。日向一看地址，是他記得名字的一條街。日向告辭要出去的時候，署長又叫住他說：「日向，你的標準語雖然很地道，但是我還是能聽出一點口音，你是九州出身吧？」日向說：「我就是在這附近長大的。」

日向憑著記憶走到那條街上，一路上的建築大多還是他記憶中那樣，但他沒遇到一個以前認識的人。這裡雖然是個小鎮，但也有十萬人的人口，就算從小在這裡長大，他和鎮上絕大部分人是不認識的。按地址走到那棟辦公樓下，在名牌上找到「人與山與海創造更新會」一欄時，已經差不多是五點了。他搭電梯上樓，走進那個組織的辦公室，前臺有一個二十來歲的女孩，裡面還有一間辦公室，日向站在門口就聽到一個男人在裡面講電話的聲音，是他記憶中真田的聲音無疑。「我都給你預定好了，有，就是你說的那種酒，當然漂亮的姑娘是少不了的……」日向對前臺的女孩說：「真田廣志在嗎？」女孩指了一下後門說：「會長在裡面。」這樣確定了之後，日向就從那扇門走進真田的辦公室。真田正坐在辦公桌後的轉椅上，兩腿蹺在桌上，一間日向進來，兩眼一亮，比一個手勢讓日向在沙發上坐下，一邊對電話裡說：「當然的，不過大澤先生應該會在吃飯的時候談一談那筆投資的事吧？哦，那謝謝啦，今天麻煩你了，再見！」真田放下電話後，從椅子上站起來，繞過辦公桌來和日向握手，堆著笑容說：「日向警部助理，什麼事讓你從東京又跑回來了？」日向說：「我是來調查小林被殺一案的。」真田馬上露出一個沉重的表情說：「哦，那是，當然的。真是很讓人遺憾的事。昨天她家裡人為她出殯，我也去參加了。很讓人傷感的場面。」日向說：「不要說得好像不幹你的事一樣，她可是你高中時候的女朋友啊。」真田沉默了兩秒鐘，像是冷笑了一聲說：「那又怎麼樣？離我們畢業已經過去十年了，她和我的關係也早結束了啊，你又不是不知道。」日向說：「對這案子，難道你什麼情況都不知道嗎？哪些人有嫌疑，你心裡多少有點數吧？」真田笑了一聲，走到辦公桌後，拉開抽屜取出一本本子，翻開一頁亮給日向看。那像是賬本的一頁。真田說：「日向啊，你看這是我們組織上個月的結算，有五十萬元的赤字。我為了這五十萬元每天煩的不得了，到處打電話拉贊助拉投資，我怎麼可能有功夫去操心一個不知道多少年前就已跟我分手的女人的事？」

日向沉默了片刻說：「我本來是把你當成嫌疑人來找你的，但現在我覺得你應該幹不出殺人的事。」真田說：「拜託，我的性格你應該是知道的，我基本屬得過且過的類型，雖然我滿嘴都是大話，但是只要能讓我平安過一天，我就不會去想第二天的事。只要能讓我解決這個月的赤字，下個月這個組織會怎麼樣我根本不管。什麼事那麼嚴重要去殺人呢？」真田停頓了一下又說：「你覺得我有嫌疑，我還覺得你有嫌疑呢。小林是在平塚被殺，又不是在這裡被殺，你說誰更有嫌疑？」日向說：「我可是因為這個案子才第一次知道小林在平塚的。」真田說：「你就吹吧，反正你們之間發生了什麼我也不知道。」日向說：「為什麼你覺得我和小林之間有什麼似的？」真田想了一下說：「既然你這麼問了，我這邊也有話不吐不快。我一直覺得小林和我分手是因為你在我們之間做了什麼。怎麼說也交往過一段時間，她想什麼我能感覺到的。這些年的同學會你都沒來也不知道，每次同學會的時候，她都向我問各種關於你的事，我們那一夥人裡，為什麼她最關心你呢？她跑去平塚，多半也是因為你在那裡的緣故。」日向笑了一下說：「你這話太離譜了吧。小林去平塚是因為我？如果是那樣的話，為什麼四、五年裡她從來沒有聯繫過我？」真田說：「這我就不知道了。這是你們之間的問題，我怎麼能明白？」

總之真田這裡似乎沒有什麼和案情有關的線索，日向從真田那裡出來，走到警署附近署裡的人推薦的一家旅館。進旅館登記了之後，旅館給了他一間大概二十平方米的西式房間，臥房裡除了床和一套桌椅之外幾乎什麼也沒有。署裡給的出差費也就夠住這樣的房間了。日向在浴室裡洗了臉，坐到桌前，把剛才和真田見面過程中和案情有關的訊息在腦中整理了一下，記在手帳上。然後他打了一個電話給中村，互相通報了一下調查的進展，日向說見了小林高中時交往的對象，但沒得到什麼有用的訊息，問中村那裡怎麼樣。中村說：「今天到她的學校問了一下學生處的人和給她上過課的老師，還找到一個曾經是她的同學，現在在校讀博士生的女孩，幾個人對她的印象基本一致，平時寡言少語，經常獨來獨往，不怎麼合群，好像沒有什麼朋友。戀愛對象的事更是沒有聽說過。但是因為成績優秀，第四年剛開始時就被K社內定為社員，因此一畢業就進入K社在東京的本部工作。我也到K社本部打聽了一下。這裡有一件奇怪的事。在東京本部工作一年後，她主動請調到平塚的辦事處工作，這在任何人眼裡都是不划算的，對她的前途來說是一種倒退，但沒有人知道她這麼做的理由是什麼。我有兩個猜測，一個是她想逃離開東京的什麼，一個是平塚有什麼吸引她的，也許兩者兼有。從我們目前掌握的她的訊息來看，是感情糾葛的可能性很大。但是這個情況和她的被害有什麼關聯，我目前也想不到什麼。」

放下電話後，中村說的「平塚有什麼吸引她的」，和真田說的「她跑去平塚，多半也是因為你」，兩句話的聲音在日向耳邊反反復複地迴響著，讓他感到莫名的恐慌。小林去平塚是因為他？小林離開東京的好工作去平塚那個小地方是因為他？小林這些年心裡一直想著他？不可能的，絕對不可能的。日向在心裡拼命否定這種可能性。人買彩票的時候，雖然知道中獎的可能性極小，但還是希望自己中獎，並因為有這種希望而喜悅。這時日向的心情正是倒過來。他覺得小林有對他的感情這件事是絕無可能的，但是他又在心裡模模糊糊地感到了一點極小的可能性，因為這一點點可能性，他迫切地希望最後事情水落石出時能證實這件事的不存在，並且因為這少許的可能性而不由地恐懼。是在這種心情當中，日向第一次感覺到了小林的死的真實。因為小林的死，所有這些想法，這些可能性，要完全證實都是不可能的。這樣的事，如果沒有小林親口說出來，必定只能是猜測。但是小林永遠不可能說話了。

在淩亂的心情中，日向不自覺地走到Ｌ市一段熱鬧的街區。這段街區是小時候父母提醒過他要他不要接近的，他作為一個青少年來過這裡時，曾對街上女人放蕩的穿著有很深的印象，但從沒有在這裡長久逗留過。現在這樣的街區裡在發生著什麼事，街區裡的人從事的是什麼勾當，他通過幾年的工作經驗已經很清楚了。不過現在他並不介意這些，這略有些危險的氣氛帶來的刺激，或許就是他現在需要的。日向走進一家裝潢還算乾淨的酒吧，坐到長台後，向酒保要了一份意大利面和一杯紅酒。酒吧裡四五桌的人都圍著各自的桌子在熱烈地說著什麼，意大利面上來之後，日向也就自顧自地吃。吃到一半的時候，有一個女孩走過來坐在他旁邊的位子上，和他打招呼說：「哈嘍。」日向轉頭瞄了她一眼，這是一個二十歲左右年紀的年輕女孩，燙成卷髮的頭髮在腦後紮成一束，耳垂上帶著星星形狀的耳墜，上身穿一件緊身的條紋短袖衫，下身是露出整條大腿的牛仔布短褲。女孩用九州口音濃厚的標準語說：「能請我喝一杯嗎？」日向向酒保要了一杯瑪格麗特給她。雞尾酒上來，女孩用吸管吸了一口，然後一臉笑容地朝向日向說：「東京人？」日向「啊」地應了一聲。女孩說：「你做什麼工作？」日向說：「在政府裡做一點事。」女孩一聽，眼中放出光彩說：「政治家？你這麼年輕？你是在哪位大人手下做事嗎？」日向應了一聲「這個嘛」，不說什麼。女孩說：「那你到我們這個小地方來幹什麼？難道是來收政治獻金的？」日向轉頭微笑朝她說：「小姐姐，這種事不能亂說的哦。」女孩吐了一下舌頭，又拿起杯子吸了兩口，然後對日向說：「晚上你有空嗎？想不想跟我一起過一段愉快的時間？」日向說：「好啊。」

女孩告訴日向她叫小圓。兩人從酒吧裡走出來，日向左右望了一下，徑直朝街道前面一棟像是情愛旅館的建築走過去。小圓一路上很親密地摟著他這個她剛認識不到十分鐘的人的胳膊。日向感覺著她的胸部貼在他上臂上，心裡想到，這就是那種的女孩，一察覺對方是東京來的，馬上就一副諂媚的態度。他也不需要表明自己的身分，或者亮出財產，只是稍微展示了一下自己操練了幾年的東京標準語，立刻就瓦解了她的心理防線。這女孩絕想不到他會是她的同鄉。要是是她認識的同鄉的男人，像他這樣不是帥哥的，要把她弄上床要費相當的功夫吧。單單是幾句東京口音的標準語，就能帶來這樣的不合理的收穫，還用問為什麼他和上原他們拼命地想往東京鑽，想變成東京人嗎？

進了旅館房間，一關上門，小圓就朝日向伸出手說：「一萬元。」日向把西服上衣掛在衣架上說：「什麼，要錢的嗎？」小圓嘟嘴說：「那有免費和女孩睡覺這種好事。我又不是你老婆。」日向心想，這話說得很有道理。他從上衣口袋掏出錢包，取了一張一萬元鈔給她。小圓露出高興的笑容，大聲說了一聲「非常感謝」，把鈔票收進她的手袋裡，然後開始脫衣服。日向心裡有一種釋然的感覺，肯要錢是好事，說明這個女孩是講道理的，這個女孩認同的道理和他認同的道理一樣。忽然間日向腦中閃過小林的名字，他突然意識到和小林有關的這些事是多麼沒有道理。拋棄東京的工作到小地方去，免費跟剛認識不久的男人上床，她這麼做到底是什麼道理？日向這麼想著，思緒又在小林的事上僵住了：她不可能是因為我來平塚的，我跟她根本沒有那種關係，但是萬一是真的呢？那說明什麼……這時小圓已經脫光了衣服，見日向坐著不動，推了一下他說：「你在幹嘛啊？還不脫衣服嗎？」日向看著小圓的臉，趕緊想，不對，我要專心享受眼前這一刻，我可是付了一萬元了。日向努力了一會兒停住對小林的思考，把小林推出他的腦外。當他把小林從腦中徹底推出去的一瞬間，像是一間昏暗的屋子突然打開布簾，外面的陽光照進來一樣，眼前的一切忽然都異常鮮活起來。情愛旅館花裡胡哨的床和燈光，小圓肌膚的光澤，每一樣看起來都那麼有趣。和小圓這場做愛是他做過的愛中快感最強烈的一次。小圓是他人生目前為止幹過的四個女人中年紀最小的一個，給了他很多新鮮的體驗。小圓的叫聲響亮而清脆，讓人聯想起某種剛剛成熟半青半紅的水果，又讓人聯想到某種健康活潑的小動物。日向不厭其煩地和小圓愛撫，交合，前一天被慶子拒絕了做愛，憋起來的那股欲望，這時全傾瀉在這個年輕的女孩身上了。小圓走了以後，日向躺在床上還在想，慶子生孩子這一年要是不能和她做愛，這樣的事肯定還少不了。日向幾乎帶著玩笑的心情想像了一會兒和慶子理論，從她那裡索要嫖妓的支出的情景。

小圓讓日向分散了片刻思緒，但是從情愛旅館出來，回他自己住的旅館的路上，日向的思路又轉到了小林的事上。小林的事就像一個黑色的幽靈，蒙在他的心上，他剛剛輕快起來的心情，這時又開始滑向沉重的低谷。日向覺得自己又需要喝一杯了。走到車站附近，日向看見路邊有一個他從沒進去過的酒吧，就推開門進去了。也不知這酒吧是剛開門還是將近營業結束，裡面一個客人也沒有，長台和幾副桌椅都空著，只有一個像是老闆娘的人站在長台後面，正用布擦著一隻玻璃杯。老闆娘見他進來便說「歡迎光臨」，日向走到長台前坐下，想了一下，要了一杯威士忌加冰。老闆娘把酒水遞給他之後，就繼續在那裡擦杯子，並不和他搭話，日向這時也沒有和人聊天的心情，只是坐在那裡一邊聽店裡的音樂一邊喝悶酒。日向本來是一邊聽著音樂一邊想著小林的事，但是忽然他發現自己的注意力都轉到了音樂上了，他很認真地聽完了音箱裡放的這首歌曲。出於對這首歌曲轉移了他的注意力的意外，日向張口問老闆娘說：「請問剛才放的這首是什麼歌？」老闆娘看了他一眼說：「中島美雪的《時光流動》。」日向幾乎是條件反射地重複了一聲：「中島美雪？」他想起了小林公寓書架上放著的CD。老闆娘看了看他，朝他微微一笑說：「客人想起什麼了嗎？」日向怔怔地坐了一會兒，轉了轉腦筋，問說：「剛才歌裡這句，試著去游，但遊不過去的流動，是什麼意思呢？」老闆娘說：「就是命運的意思。不過這也只是我自己的見解。這世上有相信命運的人，也有相信應該從命運逃開的人。客人覺得呢？」日向沉默了許久，問老闆娘說：「老闆娘，你相信愛嗎？」老闆娘笑了一下，沉默了片刻，繼續著擦杯子的動作說：「我們都應該相信愛。這世上要是沒有愛，沒有人能活下去。但是有時愛又會使人痛苦，因此有人甚至仇恨愛，詛咒愛。但這也不是壞事。或許可以說，會因為愛而痛苦，才是真正的人性。哈哈，我的胡言亂語，別當真。」日向這時只感覺一股眼淚要奪眶而出，趕緊從錢包裡取出一張千元鈔壓在酒杯下面，說：「老闆娘，謝謝你的酒。」說完就站起來往門口出去了。

第二天早上L市署的幾位刑警去調查了小林高中時的身邊的人，包括同學，班主任，親戚。日向因為擔心遇到認識的人，扯上一些和案件無關的事影響調查，這個調查他就沒有自己去。刑警們調查回來後告訴日向，根據同學親戚等人的證詞，小林在高中時除了真田廣志，並沒有別的交往甚密的對象。這個符合他記憶的結果沒有讓日向感到意外。日向自己到車站和巴士公司打聽了一下六月一日到六月三日從L市前往博多或宮崎機場的旅客中，有沒有什麼狀貌可疑的人物，但沒有什麼結果。

在車站做完一輪打聽，時間已過正午，日向就來到前一天晚上來過的那個酒吧，想在這兒吃點東西。因為前一天晚上在那裡的行為有些唐突，他也想順便修正一下自己的形象。酒吧十二點到三點有開門。日向進去時，長台後還是老闆娘一人，另外有四五位客人，都坐在桌邊，日向就過去坐在長台前昨天他坐的那個位子。老闆娘認出日向，微笑著對他打了一個招呼。日向問老闆娘有什麼吃的，老闆娘說可以幫他做熱狗或者三明治，日向就要了一個熱狗。老闆娘從一旁的冰箱裡取出麵包，香腸，奶油，開始做熱狗的工序，一邊和日向聊天說：「客人今天看起來精神很多呢。」日向說：「昨天我的行為有些唐突，抱歉。不過聽了老闆娘的一席話，讓我開悟了許多。」老闆娘微笑說：「我只是隨口說說的。不過客人昨天晚上的臉色真的很難看，像是受了什麼很重的打擊似的。是剛和戀人分手了嗎？」日向莫名其妙地想起那個叫小圓的女孩。日向說：「差不多是那種事吧。對了，一個星期前左右，有沒有什麼可疑的人來過這裡，比如說，跟你說他想去東京幹什麼事的？」日向這天因為這個問題問了太多人，幾乎是機械性地把這句話說了出來。老闆娘抬眼看了日向一眼，笑說：「啊哈，客人原來是警察嗎？」然後露出回想的表情，一會兒後說：「要說起來，倒是真有這麼個人。那個小夥子晚上八點多進來，情緒很激動的樣子，身體都在顫抖，我讓他喝了一杯酒他才稍微平靜下來。他那時的確是說第二天要去東京幹一件大事。可能出去之後，他就去搭夜行列車了吧。」日向一聽，精神立刻緊張起來，問說：「請問那是哪一天的事？」老闆娘說：「剛好是一星期前。」日向說：「就是說六月二號？」這是小林被害的前一天的日期。老闆娘想了一下說：「是二號沒錯。」日向又問：「那個人是本地人嗎？」老闆娘說：「是啊。要是我沒記錯的話，他是真田二郎家的兒子吧。應該是叫真田孝次。」日向聽了說：「老闆娘，這個熱狗我能帶走嗎？」

從酒吧出來，日向一邊快步往警署走，一邊掏手機打給警署，讓他們確定真田孝次這個人的身分和地址。他邊走邊吃完了熱狗，走到警署的時候，資料已經有了，真田孝次，二十七歲，專科學校畢業，無職業，曾經有兩次盜竊的記錄，在署內有案底。他現在應該是和他母親住在一起，按地址看的話，那一片的房子都是獨門獨戶的兩層建築。警署給日向調配了四名警員，日向拿地圖策劃了一下，派兩個人守在屋後面的街道上，另外兩人跟他從正面進去。真田孝次家離警署只有不到十分鐘的步程，也不用坐車，五個人直接從警署走了過去。走到地址上那棟兩層的民宅前，日向示意兩名警員先繞去屋後，用對講機確定了之後，日向就上去敲門。開門的是一個老婦人，大概是孝次的母親，見到穿制服的警察時露出驚訝的表情。日向正想向她問話，卻越過她肩膀和屋子裡一個年輕男人打了個照面。那個男青年和日向對視了幾秒鐘，猛地站起來，往屋子後面跑去。這是他要找的人無疑，日向不由分說地推開那婦人追了上去，追上二樓，卻只看到男青年從窗口跳下去的一瞬間。兩秒鐘之後，就聽到後面街上的警察的聲音喊說：「站住，不許動！」

日向趕緊和另外兩名警察追了下去，追到後面那條街。守在那裡的警察並沒有攔住孝次，日向跑到路口時，只見孝次已經往街道前面跑去，離他們已經有十來米遠了。日向和幾名警察立刻追了上去。這段追捕持續了相當一段時間，大路穿小路，小路穿大路，跑過了七八個路口，讓路上好幾輛小車緊急停了下來。最後孝次自己跑進一條窄巷裡，有所預見的當地警察抄近路先去堵在巷子的出口，孝次跑到巷子中間時，就因為看到另一頭的警察而停下了腳步。這時孝次離日向他們大約有十米遠，離另一頭的警察也大約有十米遠。巷子兩邊都是住宅的牆壁，沒有窗戶，四、五米高的牆壁上什麼也沒有。日向說：「舉手投降吧，真田孝次，你逃不掉了。」這時孝次從背後抽出一樣東西，原來是一把登山刀。五個警察同時掏出手槍對著他。日向喊說：「真田孝次，馬上把刀放下，把手舉到頭上！」孝次對真田露出一個怪異的笑容，用顫抖的聲音說：「你們都誤會了，昌美不是壞女人。我不是因為她是壞女人才殺她的。昌美她只是被騙了，被那些沒良心的城裡人騙了，其實她一直都是愛著我的，她一直都想回到我身邊的。但是她在淤泥裡已經陷得太深無法自拔，所以她才求我殺她，我只是幫了她的忙而已！這個世界上理解昌美的只有我一個人，你們不明白嗎？」日向重複喊了一聲：「孝次，馬上把刀放下！」孝次這時忽然往天上看去，大喊了一聲：「昌美，你不要覺得寂寞啊，我來陪你了！」日向明白了他的意圖之後趕緊朝他沖上去，但是他還沒撲到孝次面前，這男青年就把登山刀插進了自己心臟的位置，血一下噴了出來。幾個沒反應過來的警察定在原地看著這一幕，等孝次癱倒在地上，過了幾秒鐘，才有一個警員開口說：「這傢伙瘋了吧？」日向小心地上前檢查了一下，確認他已經沒有脈搏了。

根據日向隨後的調查，真田孝次於六月二日晚搭乘列車前往博多，此後兩天失去蹤跡，直至四日晚上才重新在L市出現的事，得到了證實。孝次自殺時用的登山刀，與推定的殺害小林的兇器一致，可以認為是同一把兇器。從孝次家中搜出的手機，有六月三日下午四時四十八分打到小林的公司的記錄。再加上孝次自殺前的自供，他六月二日晚出發前往東京，六月三日來到平塚，潛伏在花水川鐵道橋下，用手機和小林取得聯繫，在當晚六時至十時之間在那裡與小林見面，並將小林殺害這樣一個作案過程，基本可以確認。關於孝次在自殺前述說的與小林的關係，日向走訪了幾個同時認識這兩個人的人。根據他們的證詞，小林和孝次互相認識，但並沒有親密的關係，他們所知道的兩人的交往，不過是一起喝過兩次咖啡的程度。被朋友問及和孝次關係的時候，小林的回應始終是「沒有關係」，「不認識他」，「一個不想和他有關係的人」。因此孝次在自殺前的陳述，應該只是他單方面的想法，他所謂的兩人的相愛事實上並不存在。家族方面，孝次的母親似乎不知道他犯罪的事，在聽了日向給她的解釋後，她做了如下評價：「這個傻孩子，從小就只知道幹傻事，這次老天要收他去，誰也沒辦法了。」

下午四點左右，日向通過電話口頭向平塚署刑事一課課長做了上面這樣的報告，說書面報告回去後就提交，課長聽完以後說：「辛苦了，明天回警署之前好好休息一下吧。」但是日向放下電話後，並沒有安穩的心情，這個案子對他來說還沒結束。他從旅館房間出去，走到外面的街道，往另一個真田，真田廣志的辦公室走去。在下午的調查中，他得知了一件事，那個真田孝次原來是真田廣志的堂弟。小林是真田過去的女朋友，殺害小林的是真田的堂弟，日向覺得真田一定還和這個事件有什麼關係。他來到真田的辦公室時，情形幾乎和昨天一模一樣，還是那個女孩坐在前臺，後面的房間傳來真田的說話聲。但這時日向沒和前臺的女孩打招呼就直接往後面真田的辦公室走進去。坐在辦公桌後的真田抬頭看到日向，似乎感覺不妙，對電話裡說了一聲：「有一件要緊事進來了，稍後再打給你。」放下電話後，微笑對日向說：「我聽到消息了，原來殺小林的人是孝次那傢伙。聽說你們追了他幾條街，很勇猛哦。」日向看到這微笑的表情，不覺一股怒火上來，衝上去抓住真田的衣領，把他從椅子上抓起來，逼著他的臉說：「你還要裝無辜的樣子是嗎？真田孝次是你的堂弟，他和小林的事你會不知道？我會以知情不報罪逮捕你哦？」真田盯著日向的眼睛，幾秒鐘沒說話，然後突然冷笑了一聲，說：「這是什麼？你現在發這麼大火是因為死的是小林嗎？」日向說：「是！小林本來不用死的，是你知道真田孝次這種危險的傢伙在跟她往來，也不保護她，才會有這樣的事！」真田發出兩聲像是帶著輕蔑的笑聲，說：「這是什麼？有那麼大志向，誇下海口說要爬到國家權力頂層的日向俊一，現在竟然因為區區一個女人，想要誣告他過去的好朋友？這笑話能把我笑死。」日向說：「你想說什麼？」

真田撥開日向抓在他脖子下的手，整了整衣領，說：「日向，讓我學學你們刑警的樣子，來做一個假設吧。這個假設就是你從高中時候起，就一直暗戀小林昌美。你把昌美看得很高很神聖，但是你又覺得自己配不上她。你高中時就說過在這鄉下娶一個女人成家過平淡的生活是沒出息的事這種話沒錯吧？換句話說，你不能接受作為一個鄉下土鱉的自己。你雖然喜歡昌美，但是像我們周圍的人那樣在這鄉下地方娶親成家過日子，就算對象是昌美，你也不能接受，對吧？所以你對昌美追都沒追，就跑到東京去了。日向啊，看看你，身穿一套筆挺的西服，還能說一口東京話，但是心裡的自卑原來一直都沒變。在你心底，昌美還是一個很高很神聖的存在。看來在國家機關工作，也沒怎麼提升你的人格地位。要是這樣的話，當初和昌美老老實實在這鄉下交往結合多好？」日向說：「你在胡說什麼？昌美不是你的女朋友嗎？我怎麼會和她結合？」真田說：「那要是昌美喜歡的不是我，而是你呢？」日向說：「你這話什麼意思？」真田放肆地笑了幾聲，說：「看你現在這表情，太你媽逗了。啊，早知道昌美喜歡的是我，我還去東京幹嘛？我這些年都在做什麼？你現在是這麼想的吧，啊？日向？」日向想了想說：「你有什麼根據說昌美喜歡的是我？難道她這麼和你說過？」真田說：「我這人雖然在很多事情上喜歡說大話，但這種事我不會騙人的。那一天昌美跟我說，她喜歡上了另一個男的，我就猜到是你。她雖然一直都沒告訴我那個男的是誰，我有理由相信那就是你。」日向說：「你為什麼這麼想？」真田說：「因為她跟我說這句話，就是在那天之後不久。」日向不解地說：「那天？」

真田說：「你該不會說你忘記了吧。那次是離畢業典禮還有兩星期，我們幾個人說一起去做高中的最後一次郊遊。回來的時候，我們從車站回家的路上，我和昌美吵了一架，吵得很凶，我甩下她就走了。當時你也在場。我走了之後，心裡有點後悔不該對昌美說那麼嚴重的話，於是又轉頭回去想找她。沒想到我走到我們分開的地方，竟然看到你們倆人抱在一起。這一幕十年後的今天想起來都還那麼鮮明，日向，你該不會忘了吧。」日向閉口不說話，真田就繼續說：「但事情還不只這樣。我躲在旁邊觀察了一會兒，想看看你們兩個準備幹什麼，就看到你們抱了一會兒後，一起往街道一頭走去。我就跟著你們，你們後來去了什麼地方，日向，你沒忘吧？情愛旅館！看不出平時一副老實模樣的日向俊一竟然能幹出這種下流的事哦。你看你都占了什麼，勾搭朋友的女朋友，未婚性交，高中生上旅館開房，幹了這些壞事，你是不是應該用手銬把自己銬起來了，日向？怎樣，你還有什麼話說嗎？」一個他從沒和人提過，也不願想起的記憶忽然重新對他打開了，日向沉默了一會兒，用冷靜的口氣對真田說：「我們沒有幹你想的那種事。」真田說：「是嗎？你們進情愛旅館除了幹那事還能幹什麼事？難道在一起寫作業嗎？」日向說：「我把那天的經過都告訴你吧。昌美本來是有那個意思，但是我只是和她進了房間，沒有和她做。我覺得她那時情緒很不穩定，我不能趁人之危。」真田說：「那你們做了什麼？」日向說：「昌美看出我不想做之後，就說她想在房間裡休息一下，讓我自己先走。我們已經預付了兩小時的房錢。對了，她還說想喝酸奶，我就到樓下超市給她買了一瓶。」真田說：「什麼，酸奶？」日向說：「對啊，就是日清酸奶皮魯庫魯，小瓶裝的那種。她說她從小就喜歡那個牌子的酸奶，你應該也知道吧？我買了酸奶回房間給她放在桌上，然後就走了。那時她好像已經睡著了。」真田說：「就這樣？」日向說：「就這樣。」真田說：「你們真的沒幹？我這邊可是費了很多想像，猜想你用了什麼了不起的床技征服她的哦。」日向說：「我碰都沒碰她一下。」真田露出迷惑的表情，往一邊望了片刻說：「那就奇怪了。要是你說的是真的話，你們好像真沒什麼。難道她那時說的人不是你，而是另有其人？」日向說：「所以我說了我和她什麼關係也沒有。高中畢業之後我和她一次也沒聯繫過。」

真田說：「好吧，這事就算了。但是孝次的事你也不能誣賴我。他們倆最初的確是因為我而認識的，但我也就是為他們互相介紹了一下姓名。那天我和昌美走在路上，遇到孝次，他上來打招呼，我跟他說這是我女朋友小林昌美，對昌美說這是我堂弟真田孝次。就是這樣，沒有別的了。我和昌美那之後不久就分手了，之後他們發生了什麼事，我完全不知道，也完全沒關係，這個你也要相信我。我第一次聽說昌美和孝次約會，是你結婚的消息傳來不久以後的事，所以我還想，會不會是因為你的事而有些自暴自棄……」

這之後真田又說了什麼，他是怎麼從真田的辦公室裡出來的，日向沒有印象了。他只記得自己走在路上，思緒久久地定格在剛剛重新翻開的那一幕記憶。十八歲的昌美，臉頰因為激動而漲紅，身上脫得一絲不掛，兩團雪白的乳房上立著兩粒暗紅色的乳頭，小腹最下端有一撮山羊鬍子形狀的黑色的陰毛。當她聽了日向關於不想做的解釋，臉上露出難堪的表情，不知所措地往地上看了看，然後爬到床上，用被子蓋住自己的身體。當時他是怎麼向昌美解釋的，日向不記得了，但他敢肯定，他說的一定不是真話。他不肯和昌美做的真正原因，是因為昌美在他面前展現出來的軀體實在太美，像一件卓越的藝術品，他沒有那個勇氣去毀壞。他那時想，他這樣一個什麼都沒有的鄉下小子憑什麼能碰這樣的身體？要想染指這樣一個身體，只有等很久以後，等他的夢想都成功，等他變成他理想中的那個高高在上的人物以後，他才可能做到。那時他只覺得自己的心都要裂開了。他對著裹在被子裡的昌美說他先回去了，昌美嗯地應了一聲，但又掀開被子露出頭說：「能不能幫我買一瓶酸奶？」日向說：「好，要什麼牌子的？」昌美說：「皮魯庫魯，小瓶的。那是我從小最喜歡的牌子。」日向忽然想到調查時在昌美公寓的冰箱裡看到的酸奶瓶子，心裡忽然又閃過了那個念頭，那個讓他恐懼的渺茫的可能性。不可能的。他在心裡斷然否定。這件事應該讓它隨著昌美的死結束了。他在這裡反復思考那萬分之一的可能會不會是真的有什麼用呢？再沒有人能給他一個確鑿的答案。

晚上日向沒有住旅館，而是回他父母家去住了。這倒不是因為他想見父母的面，而是在這個晚上他實在不想一個人住在旅館房間裡，自己面對著四壁。父母總算還是他在這個小鎮上認識的人，房子裡也有他的一間房間，如果他們沒有拿去挪作他用的話。日向以前在家時就和父母沒什麼話說，這次回去時他預感也是一樣。日向他爸爸在小鎮上做了一輩子工匠，幾乎沒出過遠門，要和他聊東京的事，聊單位裡的事，他能明白嗎？所幸這次他回到家裡時，發現他爸爸不在家，他媽媽說是到臨鎮去給人做事，要幾天後才回來。日向就在家裡吃了晚飯，在他那個熟悉的澡盆洗了澡，然後坐在榻榻米上和他媽媽看電視，很零星地聊了一點什麼。日向本來以為會就這樣過一晚上，在他房間裡睡一覺，第二天一早起來去車站坐車，就回關東去了。但是電視看到一半時，他媽媽忽然想起似的說：「啊，對了，有一封給你的信寄到家裡來了，也沒寫是誰寄的，我本來還想明天去郵局轉送到你那裡去呢。」日向說：「拿給我看看。」他媽媽就站起來，走到櫥子邊拉開抽屜，取出一個信封，回來遞給日向。這是一個白色的普通郵件信封，用端正的圓珠筆字寫著他的名字和他家地址，用手指捏一下，裡面好像是空的一樣。日向仔細一看郵戳，是六月四日從平塚寄出的。日向立刻警覺起來，問他媽媽說：「這封信什麼時候寄來的？」他媽媽說：「兩、三天前吧。」如果是六月四日寄出，說明這份信是前一天，也就是六月三日的開箱時間與六月四日的開箱時間之間放進郵箱的。日向記得每天郵箱最後的開箱時間好像是下午四點半，也就是說，這份信有可能是小林還活著的時候寄出的！日向忽然覺得心猛烈地跳起來，他用微微顫抖的手指打開信封，從裡面摸出一張小紙片，仔細一看，是平塚車站的行李寄存處的小票。憑這張小票，他可以到行李寄存處取一樣行李，這樣行李就是寄這封信的人真正想給他的東西。

日向一夜輾轉反側幾乎沒合過眼。這時候他忽然很確定寄這封信的是誰。他千方百計想要否定，想要擺脫的那個可能性，這時已經逼到了他面前。但他還抱著僥倖的心理，希望到了那裡時，發現事情不是他想的那樣。也許那樣行李是什麼人因為別的事要給他的，也許是寄信的人弄錯了，本來想給他寄一張宣傳單，卻不小心隨手把桌上的行李寄存小票放進了信封。這世界上每天都有人在搞錯，不是嗎？早上天還沒亮，日向就起床洗漱出門去車站，也沒叫醒還在睡的他媽媽。他走和來時同樣的路線，搭列車又轉新幹線又轉列車，回到了平塚車站，到的時候大概是下午三四點。一從檢票口出來，他就徑直走向行李寄存處，把小票遞給夥計。夥計走到裡面，拿了一個藍色的塑料皮手提包出來，和他結算了一星期的寄存費。這個手提包看起來很便宜，像是在超市用一千元買的那種。日向拿著手提包走到車站外面，在旁邊空地上找了一張石椅坐下。對面一張石椅上坐著三個女高中生，不知在嘻嘻哈哈地正聊著什麼。這時日向的手機響了，日向掏出手機一看，是中村打來的。一接聽，就聽中村的聲音說：「啊，日向，已經到平塚了吧。這一趟辛苦你了。這樣案子總算是破了，最後果然是感情糾紛嗎？雖說現在說這些也沒太大意義了，這個案子其實還有一個疑點，你還記得吧？就是小林被害那天下午五點從公司出來，六點進咖啡屋，有二、三十分鐘不知去了哪裡。關於這點我剛剛從一個警員那裡得到報告，說是在她公司附近的一家超市有人在五點十分左右看見過小林，是那天值班的售貨員。他記得小林買了一隻藍色的手提包，然後就匆匆忙忙走出去。說是往車站的方向去了。但你記得咖啡店的主人和女服務員的證詞裡並沒有提到她帶了一個藍色的手提包，也就是說這個手提包在她去咖啡店之前去了別的地方。我猜想，如果她是去了車站，那很有可能是把包存在了包裹寄存處那裡。這就是她在那二、三十分鐘裡幹的事情。那你想一下，她和兇手約好了後從公司出來，心裡知道赴這個約對她有危險，這時她唯一想到的事不是去報警，而是去買一個手提包去存在車站的包裹寄存處，那麼這個包裡面一定是……」日向這時忍不住打斷中村說：「這件事我已經知道了。」他沒等中村回應就收起了電話，然後拉開手提包的拉鍊。手提包裡是一瓶日清酸奶皮魯庫魯，還有一張小紙條。日向把紙條拿起來，上面用圓珠筆寫的「我應該把這個還給你的」一行字，很快就被淚水暈開，看不清了。

二零一五年十一月於阿德萊德

霧

大二的時候，子萱的好朋友佳怡忽然決定要出國，去荷蘭。佳怡和子萱初中時候就認識，可以說是無話不說一起長大的。不過即使如此，子萱還是不大能理解佳怡出國的理由。那天佳怡告訴子萱說要去荷蘭的時候，她已經準備了幾個月了，護照都辦了，簽證的申請材料都寄出去了，才跟子萱說。這段時間子萱沒看出佳怡有什麼不正常的，只不過剛和男朋友分手，心情不大好。子萱問佳怡，那麼和男朋友分手是佳怡出國的理由？佳怡說，算是一個契機吧，其實最大的原因應該不是和男朋友分手，而是在她自己，她自己想出去看看。子萱笑說，你一句當地話不會，就這樣跑去一個親戚朋友都沒有的地方嗎？佳怡說，你不覺得到一個沒有認識的人的地方，重新開始一種人生，是挺有意思的事嗎？像你我這樣剛二十歲，如果就決定了一輩子的人生都要在這個小城里度過，想想你不會覺得委屈嗎？佳怡這麼說的時候，瞳孔里閃着光。子萱不禁想用手摸一下佳怡的額頭，看看她是不是發燒了。認識這麼些年，子萱沒聽過佳怡講過什麼遠大的夢想，要去看看世界什麼的，這時她忽然這樣說起大話來，一定是害了什麼病了。

佳怡出國很久以後子萱也沒能理解佳怡的決定。太奇怪了，出國有什麼好呢？好好呆在老家，有親戚有朋友，有吃的有玩的，想要的東西樣樣不缺，人還能有什麼不滿足呢？子萱認為自己很幸運，從小到大被父母寵着，很少覺得缺什麼過。子萱父母是做生意的，雖然說不上大富大貴，家底也還殷實。小時候子萱想要衣服，想要玩具，父母都二話不說掏錢就買給子萱，從不會保留。可能是因為從小喜歡看書，物慾沒有那麼強，子萱倒也沒養成亂花錢的習慣，只是要是想到一個父母管不到她的地方去獨自生活，沒有父母這個靠山，子萱會覺得很恐懼。因此子萱從小學上到大學都沒離開過老家那座小城，最遠的大學離家不過三十分鐘的車程。大學畢業後，子萱進了一家外資的大公司工作，也從父母家搬出來，在公司附近租了一間小公寓生活，表面上可以說獨立了，是新女性了，但如果不是想到父母在同一座小城里，打個車十幾分鐘就能回家，子萱的精神是支撐不下去的。搬出來生活兩年了，每天子萱一早出門去上班，到下午五六點下班回家做飯吃，看手機看電視，跟親戚朋友微信，週末回家陪父母，這樣的生活，對子萱來說如果有什麼不足的，可能只是缺一場戀愛？在大學的時候，子萱喜歡過一個學長，是學生會會長，很有魅力的一個男生。子萱給這個學長寫過情書，但是這個學長不缺追求者，後來他找了一個條件樣樣比子萱好的女生做女朋友，子萱就放棄了這段感情。不過雖然工作兩年了她也沒談過別的戀愛，她相信這種事時間到自然會發生的。

然後就到了今年年初的時候，這天子萱去參加一個高中的好朋友的生日宴會。這個女生叫可穎，她和佳怡和子萱和另外一個女生，高中經常四人湊一堆，和子萱雖然不像佳怡那麼親近，但也稱得上好朋友。可穎還和她父母住在一起，所以生日宴也是在老家辦的，參加的人親戚朋友都有，來了十幾個人。席間吃飯聊天是沒什麼可說的了。吃飯的時候長輩坐一桌，可穎的同輩晚輩坐一桌，子萱就在這桌和可穎坐着聊天。子萱心想不知道是不是自己的錯覺，同桌有個男生一直在瞄她，她和可穎說話時，這男生就直直地盯着她看。一會兒忍不住了，子萱轉向可穎說：「這位小哥是你的……？」可穎看了那男生一眼，說：「噢，這是我的表弟，叫俊熙。」俊熙表弟聽了朝子萱一笑。可穎對子萱說：「你猜他幾歲？」子萱仔細看了看俊熙這張臉，眉清目秀的，神情里有些稚氣，像個小孩，便說：「十六？」可穎大笑兩聲說：「他就比我們小兩歲，看不出來吧。」俊熙看着子萱說：「我是娃娃臉，一般人猜不中。」子萱說：「是嗎？還真看不出來。」然後大家都岔開話題聊別的了。

吃完飯有人提議去做足浴，四、五個人贊成，可穎也說要去。子萱覺得不那麼感興趣，便以第二天還要上班為理由先走了。從可穎家出來，不知怎麼，子萱覺得心裡有點慌，腳下邁着快步，走出幾百米後，一摸口袋，才發現手套忘在可穎家了。她剛轉身，就看見後面有一個人朝着她走過來，在路燈下可以看出是剛才的俊熙。俊熙走到子萱面前，把手套遞給她，子萱接過抓在手上，笑說：「謝謝。我正打算回去拿呢。」俊熙說：「你和我姐關係很好？」子萱說：「我們是好朋友。」說完兩人站在路燈下，有大約半分鐘誰都沒說話。然後俊熙掏出手機說：「能加你微信嗎？」子萱聽了掏出手機，說：「好啊。」加了微信後，兩人又是一會兒沒說話。然後俊熙說：「不知怎麼，今天本來應該是我第一次見你，但我感覺好像很久以前就認識你……」子萱聽了打斷他說：「不好意思家里還有事得趕快回去，改天再聊吧。」說完她也不等回答，轉身快快地走了。

兩天後俊熙發來了第一條微信，是轉發網上一個搞笑的段子，發完後面跟了一句：「逗你一笑」。這時子萱吃完晚飯正躺在床上拿着手機在看，看到俊熙的微信笑了一陣，但沒有回覆。過了半小時俊熙又發微信說：「在幹嘛？」子萱回說：「吃完飯躺在牀上看手機。」俊熙便說躺在牀上看手機對頸椎不好什麼的，兩人聊了幾句。這之後幾天俊熙每天都會給子萱發幾條微信，轉一下網絡段子朋友圈的文章什麼的。他不知道上的什麼班，白天也會不定時地發訊息過來，子萱一概晚上回家後再回覆，平淡地和他聊幾句。這樣過了一、兩星期，子萱正想着俊熙是不是該有進一步表示了，這天就收到俊熙的訊息問她週末有沒有空，說想請她看電影。子萱回覆說「好啊。」

到了週末，子萱在電影院門口和俊熙見了。她是後到的，接近電影院門口時就遠遠看到俊熙的身影，在海報前面。俊熙穿着紫色的羽絨服和牛仔褲，靠着牆壁站着的身形顯得有些憂鬱，好像隨時準備掏出一隻煙來抽的感覺，但是轉頭看到子萱，笑起來的那一刻，又顯得特別陽光。子萱心想，雖然穿着有點土，但是長得好看的男生果然不需要什麼衣服。子萱說：「你久等了？」俊熙笑說：「沒有剛到。」兩人就往電影院裡面走。俊熙到櫃臺前掏出手機取他網上訂的票，然後分了一張給子萱。子萱看了一下說：「我還是有點奇怪你為什麼會選這部《衝鋒號》。現在口碑最好的不是《鐵甲飛龍》嗎？你已經看過了？」俊熙說：「沒有。其實我本來也想看《鐵甲飛龍》，但是《鐵甲飛龍》不打折。這部《衝鋒號》聽說也不錯啊，又便宜。」子萱說：「所以要是有打折的話，你其實會選看《鐵甲飛龍》？」俊熙側過臉嗯了一聲，說：「別管這個了，票都買了，就這樣看吧。」一個半小時看完不怎麼精彩的電影出來，俊熙又說想請子萱吃飯，問她想吃什麼。子萱說她都行，問俊熙想吃什麼。俊熙想了一下說：「現在倒挺想吃包子的。」子萱說：「那去慶豐樓吧。」俊熙笑了一聲說：「慶豐樓很貴的喲。你要是不介意，我們就到前面路口那家小店吃好了。」子萱這時本來想說她可以請俊熙到慶豐樓去吃，但想了一下還是沒說。結果她就讓俊熙請她在路邊小店吃了包子餛飩。

晚上在父母家裡住，父母睡了後，子萱就躺在牀上看手機發微信。她給可穎發訊息，說她和可穎表弟白天去看電影了。一會兒後可穎回訊息說：「是嗎？他約你的？」子萱回說：「嗯。」可穎說：「玩得開心嗎？」子萱說：「還可以。」可穎說：「你覺得喜歡他嗎？」子萱說：「有一點。」可穎說：「我這個表弟沒有什麼特長，哄女孩開心倒是有一手的。」子萱說：「他有女朋友嗎？」可穎說：「不大清楚呢。去年八月見到他的時候還看到有個姑娘和他在一起，不過年底又聽說他和那個姑娘分手了。現在應該是沒有吧。」比起這個，子萱心裡有個更迫切的問題，是和她白天的觀察有關的。她問可穎：「好像聽你說過，他是你姑姑的兒子？」可穎說：「對啊。」子萱說：「你姑姑姑丈是做什麼的呀？」可穎說：「都是普通工人。」又說：「他們都沒有什麼文化，所以也沒怎麼培養我表弟。所以我表弟中專畢業後就出來在社會上混，有時在餐館超市打個零工，有時到他開酒吧的舅舅那裡去幫忙，有時我都說不上來他到底在幹什麼。」接着又一條說：「不是要掃你的興，因為是好姐妹才這麼說，如果你想和俊熙認真交往，可能要多考慮一下。」子萱回說：「嗯，知道了。」

這之後一直到三月初春的時候，子萱和俊熙又約過幾次會。子萱周圍的朋友很多已經知道了有俊熙這麼個男生常常和子萱在一起，但是子萱否認他們在交往。的確在子萱心裡，他們的關係還沒到男女朋友的程度。然後到了三月的一天，這天子萱在上班的時候收到一條加微信好友的請求，說：「王小姐你好，我是陳澤宇」。子萱想了幾秒鍾才想起來這是兩個月前她接待的一個客戶。子萱拉開文件櫃，翻到了那時的資料，這位陳先生是一家科技公司的總經理，那時來是要公司給他的新產品做一個推廣。回想那時的會面，子萱還能想起陳先生的長相，個頭偏矮，還沒子萱的高度，面容算不上好看，特別是有個扁平的鼻子，像猩猩，笑起來又帶着一種猥瑣。但是他應該是個有本事的人，不然怎麼能不到三十歲就有一家註冊資金千萬的公司在手上？子萱把資料放回去，拿起手機打開微信，接受了陳澤宇的好友請求。

加了好友後一時沒動靜，這天晚上過了九點陳澤宇才給子萱發了訊息，說：「在幹什麼？」子萱回說：「正躺着看手機。」沒等回覆子萱又說：「陳先生找我是不是有什麼事？」陳澤宇回說：「叫我澤宇就好了。」又說：「沒什麼事，就是想和你聊聊天。本來早想聯繫你，但這兩個月一直在忙着新產品的推廣，直到最近幾天才比較閒一點。」子萱回說：「哦。」澤宇說：「陳小姐這週末如果有時間，不知道介不介意和我喝個咖啡？」子萱說：

「可以啊。」又說：「叫我子萱就好了。」澤宇問週六上午行不行，子萱週六和俊熙約了去滑旱冰，她想了想說：「週六約了人了。週日早上可以。」澤宇說：「那你把你家地址給我，我週日去接你。」

週六子萱和俊熙出去玩了一天，也沒提澤宇的事。週日早上子萱正坐在沙發上看電視的時候，澤宇給她發訊息說到她樓下了。子萱就換了衣服下去。澤宇在一輛車里對她招手。他的車是一輛寶馬。他把子萱帶到市中心一家寶島咖啡，坐下後，他用有點不好意思的表情說：「抱歉，這是我和客戶談生意常來的店，我對咖啡店知道得不多，不知道有什麼更有風情的地方。」子萱說：「這裡就很好了。」又說：「澤宇今年多大？」澤宇說：「二十八。」子萱說：「二十八歲就能擁有一家註冊資金千萬的公司，一定是付出了別人不知道的努力。」澤宇說：「不瞞你說，這是我開的第三家公司了。自己也有努力，但總是做得不夠，其實很大一部分還是靠父母幫助。」然後澤宇說他在高中的時候就試着幫班上同學修學習機賺錢，大學的時候更是學比爾蓋茨的樣子，組裝電腦賣給同學，然後大三的時候就註冊了自己的第一家公司。澤宇說：「人家說第一個賺一百萬最難，在我這裡第一個一百萬是父母出的，所以我跳過了這一步，比一般人幸運多了。」澤宇又說他父母的創業經歷，怎樣從白手起家混到擁有上億資產的公司。子萱家也是做生意的，所以澤宇說的她倒挺有共鳴。只不過聽澤宇說這些的時候，她要努力把目光集中在澤宇的眼睛上。如果把目光往下移一點，移到鼻子上的話，子萱就會涌起想笑的衝動。不管澤宇描述的自己的創業史有多麼感人肺腑，一往他鼻子看的話，他說什麼都像是笑話。喝完咖啡，澤宇送子萱回家的時候，子萱心里幾乎有一種憤怒，心想，這麼勤奮優秀有實力的一個人，為什麼偏偏鼻子長得這麼古怪。

澤宇想追子萱的意圖是很明顯了。接下來的兩個月，澤宇幾次請子萱出去玩，吃飯。和澤宇出去，子萱可以去俊熙不可能帶她去的高級場所，去看票價不菲的音樂劇，去小城最貴的餐館吃飯。但子萱無法感到很滿足。名角演的音樂劇，美食雜誌有星的廚師做的菜，這些東西本身沒什麼問題，子萱享受時覺得挺不錯的，但是想到和自己在一起的人是什麼長相，她總免不了覺得自己的快樂缺了一塊。特別是看完音樂劇從位子上站起來朝外走，旁邊的人朝她和澤宇看一眼時，或者吃飯時旁邊桌的人朝他們這裡看時，子萱就會覺澤宇的長相給她丟臉，然後再好的體驗她也高興不起來了。相反的，和俊熙去滑旱冰，去遊戲機廳抓娃娃，或者乾逛公園的時候，雖然眼前的東西挺無聊的，不過想到自己和一個好看的男生在一起，子萱莫名地就覺得挺開心。特別是要是走在路上有和她年齡差不多的女生朝他們倆投來羡慕的表情，子萱雖然知道這是因為這個女生不知道俊熙是個中看不中用的花架子，她心裡還是會有點得意。

有兩、三個月時間子萱有意地不把這個問題當作一個問題。她知道有什麼東西正懸在那裡，但她裝作看不到，不去想。她想的是這件事可能她什麼也不用做，有一天會自己產生解決的辦法。直到有一次俊熙和澤宇選了同一天約她出來的時候，子萱才不得不接受這個已經很迫切的問題。她要在俊熙和澤宇中選一個。子萱想這真的太難了。要是俊熙有澤宇的實力，或者澤宇有俊熙的相貌，那該有多好。但是為什麼世上總不能有兩全其美的事呢？子萱想來想去做不出決定，於是她去找朋友商量。這天下了班吃過飯，她來到可穎家裡，和可穎聊了一會兒。在可穎房間里，她對可穎說：「如果有這種情況，有兩個男生在追你，一個長得好看但沒錢，一個有錢有事業但長得難看，你會選哪個？」可穎笑說：「怎麼，又有個有錢的男生在追你嗎？」子萱說：「就是假設一下嘛。」可穎想了一下說：「這就是看你自己的選擇吧。看你更在乎長相還是更在乎錢。」子萱說：「我就是做不了決定才來問你的啊。」可穎說：「要是我的話，應該會選有錢的那個吧。長相是一時的，長得再好看，相處久了也會看膩的。還是有錢實在。特別是將來組建家庭，要買車買房，小孩要上幼兒園，這些很考驗家底的事，沒有錢真的不行。」子萱聽了說：「但是一起出去的時候，要是身邊的人長得很難看，你不會覺得周圍的人的目光很難受嗎？」可穎說：「那你可以少出去或者不出去啊。總要做點取捨的吧。」子萱聽了點頭說：「那倒也是。」

和可穎聊過之後，子萱心裡似乎做了決定，開始傾向選澤宇的一方。但是這個週末她回父母家，陪父母看電視的時候，她又改變了主意。子萱在自己宿舍里很少看電視劇，通常只看新聞和真人秀，但她父母在追一部偶像劇，因此她也跟着看了一點。這天陪父母看着這部偶像劇的時候，她忽然發覺男主角和俊熙長得有點像。從這時起，電視裡演的這個男生和女主角之間的談情說愛的情節每一秒都給她很大的刺激。彷彿電視臺知道她的狀態，故意在她看電視的時候放這樣一部電視劇給她看，目的是為了告訴她，談戀愛就要和有這種長相的男生談。一個半小時兩集電視劇看下來，子萱推翻了心裡之前的想法，又開始傾向選俊熙的一方。

結果子萱把澤宇的邀請推掉了，這個週日和俊熙到城東一個有湖的公園划船。和俊熙划船的時候，俊熙把網上看到的段子講了一些給子萱聽，子萱覺得挺開心的，但心裡始終有一股陰雲，讓她不能盡興。船到湖中間時，俊熙問子萱：「最近你好像有什麼心事？以前你不是這樣一直沉着臉的啊。」子萱看着俊熙一會兒說：「沒什麼的。」俊熙說，「這世上的事很多你想是沒用的。要是我的話就儘量不想。什麼也不想。」說着他露出一個笑容說：「昨天我把超市的工作辭了。」子萱最近變得敏感的一根神經忽然被碰了一下，她瞪了俊熙一眼說：「是嗎？那你不是沒工作了嗎？」俊熙說：「無所謂。那個店長我忍了很久了。再做下去我怕我忍不住會打他一頓。」子萱說：「那你現在的生活怎麼辦？」俊熙說：「銀行卡里還有一點存款，夠用一兩個月的。用完了再說。大不了再找父母要錢。人不是說嗎，今天過好今天，明天自有明天去操心。」子萱聽了沉默不語。把船划到岸邊，上了岸，子萱對俊熙說：「我們一段時間不要再見了吧。我心裡有些問題需要理一下，沒結果之前不想再見你。」沒等俊熙回答她就轉身走了。

這是一個詭異的六月，太陽張揚着好像要用熱力把觸及到的一切穿透，站在建築的黑影里時，又能感到彷彿從地洞里漏出來的陰風。子萱站在公車站等車的時候，看着街對面的廣告牌，忽然覺得這座她生活了二十四年的小城一夜之間變得陌生了。一切的景物好像都失去了原來的意義，扭曲成了某種傳遞觀念的媒介，提醒着她她要做的選擇。一輛跑車從她面前開過讓她想到澤宇。手機店門外男明星代言的廣告牌讓她想到俊熙。進了商場，一家高價餐廳的菜單讓她想起澤宇，一家服裝店的人體模型又讓她想到俊熙。她都根本不想再想了，她只想暫時忘卻這個問題把注意力集中在自己的事上，偏偏眼前的東西澤宇，俊熙交替地提醒她，幾乎像怪獸在叫囂一般，破壞她的思緒。這可以稱得上是一種折磨。她眼前本來應該是完整的熟悉的一個世界，這時破成了一堆碎片，變成了一種沒有溫暖，沒有安全感的怪異的存在，像是恐怖電影的一個場景。子萱感到一種不知該向誰說的委屈：她無非是在兩個男人之間做不出選擇，至於這樣折磨她嗎。

有一個多月子萱沒見俊熙也沒見澤宇，他們來約她時她都推託不見，也幾乎不回他們的微信。那尖銳的分裂感有所緩和，但沒有消失，只是變成包裹子萱的一層蒸汽般的存在。子萱感覺每天走在一團蒸汽里，悶熱而不得脫身。七月的一天，子萱在上班時收到了佳怡的微信，先是一張海灘的照片，碧海藍天的背景上，有人在海裡游泳，有人躺在樹蔭下的躺椅上，然後附註：「荷蘭的夏天」。過去幾個月子萱和佳怡沒怎麼聯繫，所以佳怡對俊熙和澤宇的事一無所知。中午吃飯時，子萱對着那張照片看了一會兒，決定和佳怡講一下。她給佳怡發了長文，先介紹她和俊熙和澤宇認識的過程，跟着說她現在的問題。她說：「問題說起來挺簡單，就是一個男生長得好看但沒錢，另一個男生有錢但長得難看，我無法在他們兩個之間作出選擇。我想到的解決方法是兩個都不要了。我做這個決定已經一個多月了，期間我沒再見過他們，也不和他們聯繫。但是現在我發覺這個問題並沒有解決。我每天早上睜開眼，腦中還是在想這個問題。這個問題其實不是我應該選擇誰拒絕誰這樣一個決定，而是我是誰這個疑問。在兩人之間選擇其實只是表面的事情，真正發生的，是我在這個選擇中發現了一個我不認識的自己，一個隱藏的我被這樣一個選擇誘導而浮現了出來。即使現在我兩人都不要了，我也不能把這個浮出水面的我再按回去。你明白這個問題嗎？」子萱發了這訊息後佳怡沒有馬上回，子萱就去做別的了。晚上回到宿舍，九點多時，佳怡才回覆過來，是這樣說的：「嗯，我相信我瞭解你的問題，因為我以前也有過類似的想法。我的建議是，要不你也到荷蘭來？」「我不是要幫你解決問題，也不是說到了國外這個問題就自動會被解決，但依我看來，你這個問題很難在老家那個周圍有親戚有朋友的環境下思考，而在一個陌生的地方，你會比較冷靜，思路會更清楚。」被佳怡這麼一說，出國的念頭真的在子萱頭腦中劃了一下。她打開之前佳怡發的荷蘭的照片看了一會兒，回說：「如果說要出國，我怕我還是捨不得離開父母。」佳怡回說：「這個我也不能說什麼了，你自己考慮吧。」

子萱有個小叔，是她爸爸的弟弟，挺特立獨行的一個人，職業是中學老師，今年四十歲了，也沒有成家，還是一個人生活。這個小叔似乎看了很多書，親戚吃飯的時候他通常默默不語地坐在一角，但偶爾說出一句什麼評論的時候，可以看出這個人很有想法，對世界有很獨到的見解。這天週末子萱也沒什麼事，忽然想到去找這個小叔，把自己的問題和他說一下。她就來到小叔家裡。小叔泡了茶請她坐。子萱說她有戀愛上的問題不知道小叔能不能給她一點建議。小叔笑起來說：「這我哪能給建議？你們女孩子的戀愛問題我一個老光棍怎麼可能懂？」又說：「你要是想知道這個國家的問題我倒是可以給你講講。」子萱想了想說：「也行啊，你給我講講國家的問題吧。」小叔說：「你確定你想聽這個國家的黑歷史？」子萱聽了又想了想，忽然有個以前的她不會有的奇怪的衝動，說：「那不講國家，小叔你給我講講我家的黑歷史吧，如果有的話。」小叔說：「誰家裡沒有一點黑歷史呢？你要真想聽我就講給你聽。」子萱說：「洗耳恭聽。」小叔喝了一口茶，停頓了一會兒後說：「其實你父母以前賣過假酒。就是用酒精兌水，裝到名牌酒的瓶子里，當成名牌酒來賣。這個是你出生前的事，所以你不知道。那時我還是個學生，你爸爸把我叫到他家，讓我幫他兌酒，然後一箱一箱的假酒就堆在地上，這一幕現在回想起來還很鮮明。」小叔還給她講了一些這事的細節，有什麼關係在幫他們，通過什麼渠道把假酒賣出去，賺了多少錢。子萱不作聲地聽着。說完小叔說：「如何，聽了你家的黑歷史之後是什麼感覺？」子萱說：「沒什麼特別的感覺。好像很久以前我就知道有這樣的事似的。」小叔說：「我把這段事告訴你不是讓你厭惡你父母，只是想讓你知道你們家的今天並不是理所當然，自然而然得來的。問題是，在知道這樣的黑歷史後，你還愛你的父母嗎？你作為成年人，做選擇要基於真相，而不是一種盲信。在知道真相後，如果你還選擇愛你父母，這個選擇才有意義，這個愛才是真實的。」

從小叔家裡出來時已經入夜，不知從哪裡昇起來的霧，白茫茫地籠罩在一切景物上。路邊的白色路燈，坡道上汽車的紅色尾燈，居民樓排列成行的橙色樓燈，在霧裡亮成一個個模糊的光暈。所有的物體都失去了清晰的輪廓，準確的位置，只有晦澀的隱喻一般的存在殘留着。這霧色彷彿是子萱的心情的倒映。子萱此時心裡被一種迷茫充滿。這迷茫和她在俊熙和澤宇之間做不出選擇時的感覺相似，但程度更為強烈。但她並不覺得不快或者恐懼。她想這團迷霧纔是她應該看見的。之前看到景物雖然清晰，但卻是假象。現在這團迷霧雖看不清，但它否定了假象，比假象更接近真實一步。經歷過了在俊熙和澤宇之間的撕扯，她感到自己有能力忍耐看不清的恐懼，從這迷霧中去發現真實的事情。但是她還需要訓練，還需要更多見識。子萱一路走着想早點回家開電腦上網，去查查留學的資訊。這麼走着的時候，彷彿有一個真實的自己從迷霧中漸漸走了出來。

二零二零年二月於大阪

國家圖書館出版品預行編目資料

霧／張一弘著. --初版. --臺中市：白象文化事業有限公司，2021.10
面； 公分
ISBN 978-626-7018-46-0（平裝）

857.63　　110012850

霧

作　　者　張一弘
校　　對　張一弘
封面插畫　孟慶青
發 行 人　張輝潭
出版發行　白象文化事業有限公司
412台中市大里區科技路1號8樓之2（台中軟體園區）
出版專線：（04）2496-5995　傳真：（04）2496-9901
401台中市東區和平街228巷44號（經銷部）
購書專線：（04）2220-8589　傳真：（04）2220-8505
專案主編　黃麗穎
出版編印　林榮威、陳逸儒、黃麗穎、水邊、陳媁婷、李婕
設計創意　張禮南、何佳諠
經銷推廣　李莉吟、莊博亞、劉育姍、李如玉
經紀企劃　張輝潭、徐錦淳、廖書湘、黃姿虹
營運管理　林金郎、曾千熏
印　　刷　百通科技股份有限公司
初版一刷　2021 年 10 月
定　　價　280 元